ZUN

**Marcia Tiburi**

# COM OS SAPATOS ANIQUILADOS, HELENA AVANÇA NA NEVE

## Frio

Helena tem na mão esquerda a faca com a qual aponta o lápis preto que ela segura com a mão direita. A última estilha do lápis cai sobre o tampo escuro da mesa que lhe serve de base. Helena deita o lápis apontado na superfície lisa e, com a mesma mão, deposita os restos dispersos do instrumento à direita, na altura da borda do móvel. A pequena adaga de cabo de aço é assentada na horizontal, na linha do topo do caderno de capa azul.

Abrir o caderno deixando a folha branca exposta é o gesto que se poderia deduzir. Helena demora um pouco mais. Tendo agora o lápis à mão esquerda, ela hesita. Seu olhar percorre a cena do quarto em busca de um ponto de fuga.

Uma xícara de chá com estampa de pássaro em amarelo sobre fundo violeta descansa ao lado esquerdo, junto do abajur. A lâmpada fraca pinta de verniz o campo de visão no qual se inclui parte da mesa redonda em simétrica correspondência com a extensão da cama, preparada com lençóis de linho cru ornados com pontos bordados em preto. De um lado, a cama; do outro, a estante de livros toma a parede, em cujo centro a porta semiaberta dá para o corredor iluminado pela luz que entra por grandes janelas. Desvelam-se as folhas do chá no fundo da bebida quente. O vapor serpenteia no ar frio, desmontando a proporção áurea que Helena tem em mente.

O ar que entra pela fresta da janela conforta um ancestral sufocamento interno. Estrangeira, como quem habita uma dobra instaurada entre épocas, ela se sente em casa no clima abaixo de zero e se concentra em sua tarefa.

A parte irrepresentável da geometria com que Helena poderia traduzir a própria vida é o frio, emoção primitiva que ela carrega desde cedo como um órgão. As portas abandonadas da infância arquivam a respiração do tempo e, no caso de Helena, guardam a melancolia das temperaturas abaixo de zero que ela traz da casa onde cresceu no sul da América do Sul. Preservar essa sensação é uma prática de resistência corporal e seu mais importante aprendizado de vida.

Tendo essa certeza em mente, ela traça a linha de fuga ideal com o olho fixo na quadratura do círculo e apaga a luz.

## Mulher com pulsos cortados

O alto pé-direito do apartamento onde Helena se instalou há uma semana torna o ambiente ainda mais frio. Ao lado do quarto de paredes azuladas e janelas cobertas por pesadas cortinas de veludo preto há um quarto aquecido no qual dorme Chloé, a dona do apartamento da rue Christine. Chloé resolveu receber uma hóspede por um motivo cada vez mais trivial em cidades grandes, nas quais a solidão se torna a atmosfera comum. A zeladora do prédio, uma brasileira que desde o final dos anos 1960 também mora ali, uma dentre os muitos exilados da ditadura militar que vieram se esconder na França e acabaram por ficar, comentou que sabia de uma mulher que precisava alugar um quarto. A zeladora evitou se comprometer com a indicação, mas se ofereceu para ajudar e organizar a vinda da possível hóspede.

Chloé comoveu-se com a imagem da mulher malvestida e coberta de neve diante da porta de seu confortável apartamento aquecido. A mudez de Helena também causou comoção. Chloé a convidou para entrar. Depois, questionou se tal atitude não teria sido apressada. O tempo do questionamento deveria ser proporcional ao tempo da ação, mas Chloé sabe que as coisas não são assim. Voltar atrás foi impossível a partir do momento em que Helena entrou com uma mochila nas costas, instalando-se no quarto disponível, como se ele fosse um espaço já conhecido. Desde então, Chloé tem a companhia de que precisa e busca em vão lembrar com quem Helena se parece.

Chloé habita o mesmo apartamento desde que nasceu. Ele fica no segundo andar do prédio onde viveu Gertrude Stein com sua amada Alice B. Toklas. Ela ainda dorme no quarto da infância, cuja decoração mudou bem pouco ao longo dos anos. O quarto é uma espécie de arquivo onde ela se sente conectada com a menina e a jovem que foi. O papel de parede cor-de-rosa com motivos florais foi alterado pelas manchas do tempo e Chloé insiste em preservá-lo como pano de fundo de uma vida inteira. A escrivaninha da infância foi substituída por uma maior, trazida do quarto da mãe, o melhor cômodo da casa, aberto apenas quando Catarina decide dormir nele.

A antiga cama de Chloé foi vendida a um antiquário para dar lugar à cama moderna que Catarina usava no apartamento em que vivia antes de se casar. Ela insistiu para que o móvel ficasse com a avó como um objeto capaz de proporcionar conforto, algo que, ao seu olhar era necessário a uma pessoa da sua idade. Chloé às vezes tem a impressão de que a neta é uma mulher mais velha do que ela mesma, que as duas habitam corpos trocados. Catarina se comporta como se fosse mais velha do que a própria avó, o que ora comove, ora exaspera Chloé. Porém, como ela ama Catarina como a ninguém mais, não é um esforço tão grande fazer todas as suas poucas vontades; se não todas, quase todas.

O pai de Chloé era fotógrafo. Parte da resistência francesa, ele ainda era jovem quando foi morto por nazistas em seu laboratório em 20 de julho de 1944. Na mesma noite, enquanto o local de trabalho de seu pai era destruído e ele morto com um tiro na nuca, o apartamento do casal de judias era invadido por soldados da Gestapo que buscavam documentos para incriminar as duas mulheres e pegar as obras de arte da coleção delas. O mercado mais podre do mundo, pensa Chloé, cresceu muito com a canalhice ariana. Havia muito tempo que Gertrude tentava despistar a polícia com diplomacia e propinas. Percebendo que o cerco se fechava, começou a se desfazer de suas obras. Várias pinturas de Gertrude foram escondidas na casa de Chloé por sua mãe, que também se chamava Alice.

A mãe de Chloé conviveu com Alice B. Toklas até o fim de seus dias. Chloé sempre achou que a mãe na verdade fosse apaixonada pela vizinha, embora a viúva de Gertrude Stein não percebesse ou não quisesse perceber que havia algo a mais na dedicação da amiga. Isso gerou ciúmes na menina e na adolescente que Chloé foi. Como ela explicou a Catarina em uma de suas inúmeras conversas tomando chá depois do almoço, a falta do pai a tinha tornado muito dependente da mãe, a ponto de não suportar que ela desse atenção a outras pessoas. Contando o seu caso, ela consolava a neta que também não teve pai. Agora, com um suave medo da morte, Chloé ri de si mesma e do fato de que nunca conseguiu sair da casa dos pais, como sempre se esperou que os jovens fizessem, sobretudo na sua época de jovem, quando estudantes e hippies gritavam pela liberdade e pela imaginação no poder. Catarina, ao contrário, saiu de casa bem cedo, na época da faculdade. Nunca dependeu da avó, nem mesmo da mãe, embora tenha sido mimada pelas duas.

Anos mais tarde, quando Gertrude já estava morta, como agradecimento por ter escondido as obras do casal, a mãe de Chloé recebeu de presente de Alice B. Toklas um caderno com desenhos de Picasso. Era uma das muitas obras que haviam ficado escondidas no apartamento antes que a escritora e sua amada tivessem se mudado para Culoz. A mãe de Chloé decidiu que ela seria o presente de Eva quando ela completasse quinze anos. Eva não demonstrou dar muita importância à raridade. Mesmo assim, guardou-a com carinho até que tudo aconteceu e a obra desapareceu.

O quarto no qual Helena dorme há uma semana foi, por décadas, o quarto de Eva. Não há sinais disso no cômodo ladeado pela estante cheia de livros que vai do chão ao teto, cujo topo pode ser alcançado através de uma escada na qual Chloé costuma subir para desespero de Catarina, sempre preocupada com a saúde e a integridade física da avó. O medo de Chloé não é morrer na queda, ela pensa que uma queda seria apenas parte da vida e, sendo uma pessoa com uma visão da vida bastante lógica, Chloé pensa que, ao não temer a vida, tampouco pode temer a queda que dela faz parte. Inclusive, pensa que morrer na queda também faz parte da vida e que essa é uma forma de morrer que combinaria com ela, dentro dessa casa, junto às memórias que a constituem. O medo que a aflige, autêntico e insistente, é o de morrer sem ter a chance de pedir socorro, sem ter a quem recorrer à noite em caso de urgência.

A mãe de Chloé morreu dormindo e ela teme que o mesmo possa acontecer com ela. Filha única e mimada, Chloé nunca elaborou o luto pela mãe, ao qual se somou outro, o luto por sua filha, Eva. A morte de Eva é, na vida de Chloé, o que há de mais insuportável. Ela não se conforma com a palavra suicídio, escrita por um médico apressado na certidão de óbito. Deixar a vida por vontade própria não faria sentido nenhum no caso de Eva. Essa certeza levou Chloé a pedir uma autópsia pela qual se constatou que Eva havia consumido álcool em excesso e que seus pulsos haviam sido cortados com um estilete mal afiado, o que é, para Chloé, menos uma destreza do que sinal de assassinato no lugar de suicídio.

Eva foi encontrada no chão da sala vestida com roupa de ginástica. Como fazia todo domingo, ela havia combinado de jantar na casa da mãe.

Chloé não quis ver Eva morta. Foi Catarina quem contou à avó que ela usava tênis de corrida novos e que não havia muito sangue. Chloé desconfia que na noite anterior o marido a induziu a beber algo para que ela dormisse e cortou seus pulsos dentro da banheira. Ele deixou o sangue escorrer e em seguida a vestiu com uma roupa fácil de colocar e que pudesse passar por casual, algo que Chloé não teve como provar. Matando-a dentro da banheira e tendo a noite toda para deixar o sangue escorrer, ele limpou tudo e saiu de casa, batendo a porta como se nada de mais tivesse acontecido. A polícia não parecia interessada em desvendar o caso, em analisar com profundidade os acontecimentos, o que deixou

Chloé com raiva da polícia, com a qual, a propósito, ela vem tendo problemas há muito tempo.

Por que uma mulher teria se arrumado para fazer ginástica num domingo frio como aquele e, antes de sair, decidido se suicidar, evitando sujar demais com o próprio sangue o ambiente onde realizaria o seu ato, é uma pergunta que apenas Chloé fez. Catarina não teve condições de refletir sobre o caso e assim permanece. Depois da cerimônia de cremação do corpo de Eva, na qual o marido não apareceu alegando estar em choque, Chloé foi ao apartamento do casal disposta a descobrir a arma do crime e fazer justiça com as próprias mãos. Mas o marido, que aos seus olhos é um assassino evidente, já havia fugido como fazem os covardes.

## Breu

A luminosidade da rua entra pelas janelas do apartamento decorando as paredes com imagens indiscerníveis. Insone há horas, Chloé busca afastar pensamentos sobre a morte sempre mais fortes à noite. Ela se distrai com livros que, como disse a Catarina, estendem o tempo da vida para dentro, como a tragédia da Antígona que ela começa a ler. Catarina não entendeu se era para dentro dela ou para dentro da casa. Chloé tentou explicar que era para dentro do próprio tempo. Tudo ficou muito complicado para a mente pragmática da neta e, a partir dessa conversa, as duas pararam de trocar ideias sobre assuntos que não interessassem a ambas. Chloé explica a Catarina que resolveu ler tudo o que foi escrito sobre mulheres que se matam, não apenas porque a arte, seja pintura ou poesia, ajuda a suportar o horror da vida, mas também porque sendo feita a partir do horror da vida a arte traz uma sabedoria que não se encontra nos jornais ou na publicidade que se torna a cada dia o texto oficial do mundo. Catarina não sabe o que dizer diante do que ela considera ser um estado de evasão da avó, que se tornou mais intenso desde que sua mãe morreu. Procurando livros velhos na estante, Chloé chegou em Antígona e está buscando nesse texto um argumento para convencer a neta de que Eva não se matou. Catarina está longe de buscar nos livros explicações para a vida, e escuta a avó cada vez mais preocupada com seu estado mental.

Durante a madrugada, apesar de resistir por horas, o que não é fácil na idade de Chloé, ela é obrigada a se levantar da cama para ir ao banheiro. Embora o aquecedor esteja ligado, o corredor foi invadido pelo frio que vem do quarto cuja porta está entreaberta. A fresta é um convite a olhar para dentro do dormitório, onde a hóspede silenciosa está instalada há poucos dias.

Dentro do quarto, o breu, que a fresta aberta não tem força para dissipar. Chloé estranha que a luz do corredor não avance para dentro. O escuro é uma forma de poder, ela pensa, indecisa quanto à possibilidade de empurrar um pouco mais a porta. Antes de acender a luz do corredor para ver o que está acontecendo, a luz do pequeno abajur que fica sobre a mesa é acesa. Helena está sentada diante dela com um casaco de lã preto, um gorro preto e, do ângulo em que Chloé observa, pode ver o lápis entre seus dedos brancos.

O dia ainda não clareou e, para Chloé, perceber a imagem de Helena no escuro com a ajuda desse abajur de luz fosca não é nada simples. Restos de lume vêm das lâmpadas da rua para piorar o contorno das coisas. Ela se pergunta de onde terá vindo essa mulher que não fala, não dorme e parece buscar o frio. Chloé observa os horários de sua hóspede há dias, assim como observa suas costas arqueadas, se perguntando sobre possíveis pesos e sofrimentos vividos por essa mulher de idade insondável. Chloé se pergunta se Helena teria a idade de Eva, ou a sua idade, ou se, na verdade, teria a idade de Catarina. Se Helena estaria recomeçando a vida no exato momento em que é comum pensar que já não faz sentido recomeçar, ou se ela está apenas em fuga como devem estar todas as mulheres que pretendem sobreviver em tempos de caça às bruxas. Mas quase nada é possível deduzir a partir desse corpo que parece velho e ao mesmo tempo jovem, que é estranhamente bonito e curiosamente feio, sendo, de qualquer modo, diferente de todos os outros.

Atravessada há dias por ideias incomuns que ela não tem como revelar, nem mesmo a Catarina, Chloé se pergunta se Helena não seria uma extraterrestre, afinal, ela leu na internet que há óvnis por todos os lados. De fato, Helena é uma pessoa estranha em sua forma de ser e de viver, pensa Chloé, que, depois de muito ponderar, prefere uma versão mais artística para o caso. Aos seus olhos, Helena é a personagem de um quadro de Hammershøi que se desprendeu da tela e veio parar nesse quarto decorado com móveis antigos, tendo ao fundo a janela fechada por cortinas pesadas.

Chloé sente uma afeição inevitável por essa mulher que poderia ser sua filha, sua mãe ou uma irmã que ela nunca teve. Ela promete a si mesma falar com Helena pela manhã sobre o aquecedor desligado e sobre o perigo do frio para a saúde. Ela se pergunta se Helena pensa que é preciso passar a noite acordada tendo em vista o acordo da hospedagem gratuita, o que lhe soa absurdo demais. Ela entende que há avareza no mundo, mas espera não fazer parte disso, até porque não há necessidade. Chloé prefere pensar que Helena tem insônias, ou acorda muito cedo ou vai dormir muito tarde, não importa, ela deve estar ocupada com tarefas mais relevantes do que dormir. Ela não quer imaginar o que seria óbvio, que, sendo uma mulher que não tem onde ficar, Helena deva ter muitos problemas e possa estar sofrendo. Sendo inadequado importunar sua hóspede a essa hora, ela volta para a cama em silêncio e tenta dormir um pouco mais.

Vendo que Chloé desistiu de espioná-la, Helena apaga a luz e segue na observação do breu.

## Mulheres com fotografias sobre a mesa

Chloé não tem prova alguma do assassinato de Eva. A versão do relatório policial constatou que o marido não estava em casa quando tudo aconteceu. Foi Catarina quem chamou a polícia, depois de horas tentando falar com a mãe ao telefone. O marido de Eva, que Chloé passou a chamar de assassino, apresentou-se no dia seguinte à delegacia, alegando que o relacionamento deles estava em crise e que, no momento da morte, ele estava com outra mulher. O policial anotou a resposta, deu-lhe os pêsames e não buscou mais detalhes, o que para Chloé fazia parte do pacto de silêncio masculino que sustenta a violência contra mulheres em qualquer tempo e lugar.

Com a morte da mãe, Catarina ficou dias em estado de choque e precisou tomar remédios para voltar ao trabalho no hospital. Chloé se recusa a usar paliativos, ela tem a sua certeza e, na sua idade, como sempre gosta de afirmar, não tendo nada a perder, ela quer apenas encontrar esse homem custe o que custar, e quando isso acontecer, dirá as verdades que ele precisa saber; talvez jogue ovos podres nele, talvez lhe dê uma bofetada. Talvez consiga ser ainda mais radical e o empurre para dentro do Sena, pois o ódio tem renovado suas forças. Assim pensa Chloé enquanto se prepara para ir ao Museu do Louvre, onde foi chamada pelo diretor para analisar uma nova aquisição de Artemisia Gentileschi, que ela, de antemão, acredita ser falsa.

Diante da morte da sogra, o marido de Catarina decidiu sair em viagem. Alegou falta de tempo para si mesmo numa relação que se transformava num inferno doméstico a cada dia. Chloé despreza o marido da neta, ela o compara ao conteúdo do mais pútrido esgoto, mas mesmo assim teve de telefonar para o que ela chama de "traste" quando Catarina ficou sem atender o telefone durante um dia inteiro, deixando Chloé alarmada. Quando ligou para ele perguntando pela neta, teve que ouvir que Catarina estava fazendo tanto mal a ele quanto a si mesma. Que desde que Eva havia se matado, ela não falava de outra coisa. Que era terrível permanecer ao lado de uma mulher que não se esforçava para superar o sofrimento, que não havia entendido que a vida era feita de perdas e ganhos, que a vida tem que continuar e outros lugares-comuns irritantes para Chloé, que compunham a retórica da autoajuda que ele tinha aprendido na televisão, diante da qual, enquanto desocupado, ele passava seus dias. Catarina não conseguia questionar o marido, pois havia se acostumado a achar que ele tinha razão, e Chloé não se conformava com isso.

Incapaz de dormir sozinha, Catarina se mudou para o apartamento de Chloé no período em que o marido viajou de férias. Um mês depois, ele voltou mais gordo, bronzeado e com implante de cabelos nas entradas precoces. Chegou de roupa nova e braços tatuados. A barba comprida deu a impressão de que fosse mais novo, assim Catarina achou que a viagem havia lhe feito bem e a vida seguiu na monotonia de sempre, até porque, como Chloé costuma dizer a Catarina, vivendo do dinheiro dela, esse homem não seria burro de largar a boa vida pela qual não precisa fazer esforço nenhum. Catarina segue tomando remédios para suportar a depressão inevitável nesse luto, mas também para corresponder às demandas que se tornam mais pesadas nesse momento cm que ela sofre. O trabalho fora da casa e o trabalho dentro da casa, que ela não entende como sendo um trabalho, não deixam nenhum tempo para ela mesma, ainda que Chloé tente alertá-la sobre isso a todo momento.

Embora trabalhe todos os dias, de domingo a domingo, Catarina se esforça para ver a avó sempre que é possível. Sobretudo depois da morte da mãe, a avó é uma prioridade. Sentadas à mesa da cozinha do apartamento da rue Christine, elas olham fotografias antigas e tentam lembrar do pano de fundo da história guardada nessas imagens dentro da caixa. A festa de aniversário de quinze anos de Eva ao lado da turma da escola. O momento em que Catarina é posta no peito de sua mãe no instante do nascimento. A última vez em que as três jantaram juntas no La Closerie des Lilas. Uma fotografia desfocada, em que Eva aparece lavando a louça enquanto Chloé seca os pratos, feita por Catarina sem os óculos. As duas constatam e riem.

Às vezes elas leem cartas antigas e riem do modo como elas mesmas ou os remetentes escreviam. Antigamente, as pessoas eram mais educadas, diz Chloé. As pessoas escreviam demais para dizer coisas que não importam, diz Catarina. A relação com o tempo era outra, diz Chloé. Não havia telefone. As pessoas não tinham o que fazer, diz Catarina. De fato, a língua não é estática, diz Chloé. A neta diz que as pessoas escrevem mal em todas as épocas. Chloé pergunta o que ela entende sobre escrever, sabendo que a neta não lê um livro há anos. Achando sem graça a tirada da avó, Catarina alega que Eva também preferia o cinema e fica em silêncio até que lágrimas começam a verter de seus olhos. Chloé segura a mão da neta, evitando chorar na sua frente, embora o contato com essas memórias seja sempre emocionante.

Antes que Catarina saia, Chloé quer lhe apresentar sua hóspede brasileira, mas Helena ainda não voltou da rua. Com pressa, Catarina diz que voltará em breve para conhecê-la, evitando dizer que está preocupada com essa iniciativa recente da avó. Ela deixa o apartamento de Chloé, onde tomou uma xícara de chá e comeu um pedaço de chocolate, se sentindo mais cansada do que ela, e vai para casa fazer o jantar do animal de estimação, que, segundo a avó, ela chama de marido.

## Torso

O torso da mulher desaba para o lado de fora da cama desfeita. Os braços caem estendidos na direção do chão como galhos de uma árvore recém-abatida. O fio de sangue em meio aos longos fios de cabelo segue na direção da porta até o vão da última tábua que separa o quarto da sala, compondo as margens de um rio da morte em seu fluxo infeliz. Não se vê se o rosto da mulher morta tem os olhos abertos. Não se vê a boca, se está aberta ou fechada. Virado para a cama, o rosto esconde o horror experimentado, o esgar de perplexidade, o espasmo do estupor final ao ver que o marido que a ameaçava matar cumpriu a promessa com tal grau de exatidão.

Os passos do assassino no chão de madeira ainda ecoam pela casa. Ele ganhou a rua e leva pela mão o menino que não completou cinco anos.

Helena alimenta os porcos quando ouve o tiro. Ela corre para dentro de casa a tempo de ver o pai saindo pela porta da frente pela qual ninguém entra ou sai, senão ele mesmo quando volta para casa nos fins de semana. O barulho do tiro e o barulho da porta, o cheiro da carne cozinhando no fogão e o cheiro do sangue fresco, o rosto pálido do menino mais velho parado ao pé da cama e os olhos apavorados do outro que vai vomitar lá fora, tudo obriga Helena a chamar pela mãe.

Helena diz a palavra mãe como quem diz o nome de Deus em vão. O ato de chamar a mãe quando se corre algum perigo prova seu automatismo e desvanece na falta de esperança que toma o ambiente. Mãe é a palavra natural que vem à boca de uma menina a todo momento e Helena sabe o quão absurda essa palavra é agora, e sabe também o quão imperativo é dizer o absurdo diante do absurdo maior da realidade.

Helena esfrega os olhos e morde a boca, buscando respirar para se manter em pé enquanto percebe as pernas se dissolverem em meio ao tremor. O menino diante da cama segue atônito sem derramar uma lágrima. Lá fora o outro grita por socorro. Helena se aproxima da cama e, ao tocar a cabeça tentando afastar os cabelos, percebe que a mãe recebeu um tiro na nuca.

O sangue da mãe molha as suas mãos. Mais uma vez ela diz *mãe*. Pela última vez ela diz *mãe*. Depois não dirá mais nada. Os irmãos correm para a casa da vizinha, a uns trinta metros de distância. Ela permanece em pé na porta do quarto, como se vigiasse o corpo da mãe. As pessoas mortas devem ser postas em um caixão, ela pensa, imaginando o desconforto que a mãe sentirá deitada num lugar tão frio. Então Helena diz a si mesma que ela está morta e que não sentirá mais nada. Se viver é sentir e morrer é não sentir, se viver é pensar e não viver é não pensar, talvez a mãe tenha morrido antes de morrer, ao perceber que o homem a quem ela entregou sua vida, o homem com quem ela viveu, foi capaz de desejar a sua morte e agir para realizar esse desejo tenebroso. Imaginando o que a mãe pensou ao ver que seria morta pelo homem com quem teve três filhos, o homem que Helena teve o dever de chamar de pai ao longo da vida, ela conclui que é preciso manter-se viva, embora ela perceba que o chão busca o seu corpo, ou é o seu corpo que busca o chão. Ela não sabe, ela não tem como saber. Helena sabe que não pode cair. Ela se agarra ao ar que é preciso inspirar, movida pelo mais básico instinto de sobrevivência, mesmo sem saber que é disso que se trata.

Diante da certeza de que sua mãe não se moverá de onde está e de que não há o que fazer, Helena decide se manter em pé. O cheiro da carne no fogão atrapalha a razão que ela precisa manter alerta. Ela caminha até a cozinha decidida a desligar o fogo, evitando que o cozimento da carne intensifique o cheiro de morte que toma a atmosfera da casa. É preciso lavar as mãos antes de tocar nas coisas e, com essa intenção, ela abre a torneira da pia cheia de louças sujas. A água escorre por um tempo. Ela observa a transparência do fio de água e, na palma das mãos, o sangue que seca redesenhando sua anatomia. O sangue adere às nervuras da pele transformada em chapa de metal pronta para a impressão. Então ela fecha a torneira e, sem lavar as mãos, desliga o fogo.

Helena anda na direção do quarto sem saber como chegou até a cozinha. Atravessar a casa de volta à cena do quarto é um pesadelo em preto e branco que acontece agora em câmera lenta. No meio do caminho, carretéis coloridos ao redor da máquina de costura. No canto da sala, rolos de papel para fazer moldes. Sobre a mesa, a cesta de agulhas com a tesoura afiada entre retalhos. No manequim, o alfinete segurando a manga do vestido azul, encomenda da professora de Helena que ficaria pronta no dia seguinte. Na pequena estante presa à parede de madeira, a Bíblia e o pequeno livro de orações em francês, relíquia da época em que a mãe foi à escola de freiras, onde também aprendeu a costurar. Ao lado dos livros, a imagem de Santa Rita com um rosário de contas peroladas enrolado no pescoço. No chão, um carrinho de plástico sem as rodas da frente. Uma bola de futebol gasta pelo uso mistura-se a um par de chuteiras unidas pelos cadarços sobre o sofá. O caderno de língua portuguesa do menino mais velho ficou sob uma almofada roxa. A bicicleta do mais novo está encostada à parede, com o pneu furado esperando pela ajuda da mãe. Helena mira o crucifixo na parede, acima da bicicleta.

Ela gostaria de perguntar a Jesus se ele viu o que aconteceu, mas logo desiste ao se dar conta de que ele está morto na cruz e não pode fazer nada.

## Duas mulheres com xícara de chocolate

Diante de uma xícara de chocolate quente no Angelina, Chloé diz a Catarina que as mulheres não estão se matando, estão sendo suicidadas. Catarina finge não escutar e comenta a beleza da decoração da casa de chá, dizendo que pretende ter móveis antigos na casa de campo que irá comprar com o dinheiro que vem economizando. Com mais um ano de trabalho ela terá completado o valor de que precisa. Chloé brinca com a neta, diz que está tudo muito velho como ela mesma está, mas que pelo menos o chocolate deve estar no prazo de validade. Catarina comenta que prefere café a chocolate, mas gosta daquela atmosfera que leva a uma época diferente.

Chloé comenta que todas as épocas foram horríveis para as mulheres e que havia casas de chá em Paris nas quais trabalhavam pessoas escravizadas, africanos, árabes e franceses pobres, a maioria mulheres. Catarina finge não ouvir a avó, que pergunta se ela sabe quantas crianças famintas pelo mundo gostariam de estar tomando aquele chocolate agora. Catarina diz que não pode resolver os problemas do mundo. Chloé diz que pelo menos pode não os reproduzir. Catarina diz que a avó pode ficar tranquila porque suas tentativas de engravidar não estão funcionando. Na verdade, não há tentativas há muito tempo, ela completa. Com um sorriso debochado e que poderia soar quase agressivo, Chloé pergunta se esse marido está sendo sexualmente satisfatório, e move os dedos colocando a expressão "sexualmente satisfatório" entre aspas. Catarina suspira, perguntando se a avó vai insistir nesse assunto desagradável. Chloé sugere que ela adote meninos que vivem nos orfanatos e que o marido possa se ocupar deles tornando-se uma pessoa útil. Ela encara Chloé como quem pede que pare de falar. A avó diz que os casamentos só fazem bem aos homens e então se cala, dedicando-se a beber na xícara de porcelana rococó.

Catarina busca paciência para encarar os assuntos desagradáveis da avó. Seus olhos piscam como se ela tentasse conter lágrimas. Chloé analisa o cardápio, na dúvida se deve ou não pedir um *petit four*. Catarina busca segurança na ideia que lhe vem à mente e pergunta à avó por que ela não foi embora da França, por que não trocou sua vida burguesa por uma vida dedicada a causas humanitárias. Ela se defende recorrendo ao fato de que Eva fora adotada bem pequena e, embora isso a tenha poupado do imenso trabalho do parto, deu a ela muitos outros trabalhos. Diz ainda que a neta está equivocada no seu raciocínio. Ninguém deveria ser obrigado a se dedicar a causa alguma. Para Chloé, Catarina está sendo falaciosa ao perguntar algo tão absurdo. Catarina pensa que a avó está, na verdade, sem argumento, que suas angústias humanitárias, embora legítimas, são improfícuas. São angústias complexas, às vezes mais feministas, às vezes mais sociais, mas sempre inúteis, pensa Catarina, que ainda deseja ter filhos, constituir uma família e continuar seu trabalho como médica.

Chloé diz a Catarina que ter filhos é um trabalho, e que ela deu muito trabalho à sua mãe. Catarina imagina a avó dizendo que ela deu trabalho também a ela e à sua bisavó. Se continuarem nesse ritmo, elas vão falar de todos os assuntos atormentadores de sempre, começando pelo trabalho das mulheres e avançando para o estado da catástrofe mundial, que inclui o degelo do Ártico, o desmatamento das grandes florestas, a poluição dos oceanos, a fome do mundo, chegando à causa de tudo isso, que é a infâmia do patriarcado. Catarina está bastante cansada dessa conversa, sobretudo desse neoativismo da avó, que, pelo que ela lembra, não existia antes da morte de Eva, pelo menos não nessa intensidade. Porém, ela consegue ponderar o imenso sofrimento de Chloé, que deve ser pior do que o seu, afinal perder a filha parece ser pior do que perder a mãe ou a avó, segundo certa convenção que a moral familiar desenvolveu diante da morte; por isso, para Catarina, é aceitável que sua avó destile seu ódio, sobretudo contra os homens, tendo em vista que seu padrasto desapareceu desde o suicídio da mãe, como se ninguém, nem ela nem sua avó, merecesse sua atenção ou pudesse esperar algo dele, uma palavra que fosse, uma mensagem por escrito, um telefonema. Culpar quem não está presente é sempre muito fácil, pensa Catarina. Talvez seja pela falta do padrasto que Chloé esteja insistindo tanto em culpar seu marido, que aos seus olhos, é apenas um homem deprimido e triste.

Não se pode disfarçar nem compreender tudo, pensa Catarina olhando para a avó com tal cara de enfado, que ela percebe. Como se calculasse o sofrimento da neta, admitindo que pode estar exagerando com sua cobrança, ela resolve amenizar. Investindo na autocrítica, mesmo que falsa, e zombando de si mesma, mesmo que para fazer cena, Chloé sorri para Catarina dizendo que ter uma avó idosa para se ocupar deve ser um trabalho ainda mais imenso do que cuidar de uma criança ou de um homem preguiçoso. Ela projeta um sorriso com os olhos na direção da avó, assim como Eva costumava fazer, e os olhos de Chloé se enchem de água.

## Tiro ao alvo

Os policiais demoram pouco tempo analisando a cena. São dois homens muito parecidos que surgem como bonecos gigantes aos olhos chocados de Helena. Um deles veste uma camisa menor do que seu número, para além da qual avança um ventre intumescido. Ele levanta as sobrancelhas e, suspirando fundo, faz anotações numa prancheta com uma caneta de plástico. O outro policial enche um copo de água na pia e bebe dele, vasculhando o armário, onde encontra um pote com biscoitos de leite que a mãe havia ensinado Helena a fazer durante a semana. As migalhas de biscoito cobrem parte de sua barba e nela ficam grudadas, enquanto outras caem sobre a jaqueta de couro puída. O policial com a camisa apertada aproxima-se do outro, mostra-lhe as anotações sem dizer nada e pega um biscoito dentro do pote, sentando para terminar as anotações. Para que seu corpo caiba na cadeira, empurra a mesa, que vai bater na parede de madeira frágil dividindo a sala das demais partes da casa. A Bíblia cai sobre sua cabeça. Ele diz um palavrão que Helena desconhece, enquanto a imagem da santa se espatifa no chão. O livro de orações vai parar embaixo do sofá junto com o rosário de contas.

Comendo os biscoitos, os homens caminham na direção da porta e dizem aos meninos para irem com eles. A imagem dos meninos reflete nos óculos espelhados daqueles homens acostumados à morte e que não têm respeito por ela. A menina fica, diz o homem que sacode a chave do carro no bolso, já do lado de fora da casa. Helena não entende o que significam suas palavras e não se move para além da porta. Ela não sabe o que fazer. Ela não tem nada a dizer. De dentro do carro, o homem grita para que ela chame a vizinha caso o pai retorne. O carro vai embora com os dois meninos, que não olham para trás.

O pai de Helena é um policial como os homens que acabam de sair da casa. Ele usa óculos espelhados e guarda à chave a arma com a qual trabalha dentro do armário da sala. No mesmo armário há outra arma que mantém trancada e que ele retira dali apenas em raras ocasiões. Os homens que acabam de comer os biscoitos feitos pela mãe de Helena já estiveram em sua casa antes. Ela reconhece seus rostos ao lembrar dos modos abusados dos antigos visitantes. Quando a família se mudou para a pequena cidade de Santa Bárbara do Sul, o pai de Helena ofereceu um churrasco aos novos colegas. Entre eles estavam aqueles invasores que acabam de sair da casa sem demonstrar nenhum respeito por sua mãe assassinada com um tiro na nuca.

No dia da festa, depois que todos haviam saído, Helena viu o pai trancar a mãe no quarto. O barulho da cinta com a qual ele a espancava era fácil de ouvir na casa de paredes finas. O estalar do couro grosso sobre a pele delicada da mãe era um ruído frequente que provocava em Helena as piores sensações. Naquela noite, a flagelação parecia não ter fim. No dia seguinte, a mãe saiu do quarto antes do dia clarear, limpou toda a casa, preparou o café e se pôs a lavar roupa no tanque. Helena saltou da cama assim que ouviu a mãe fechar a porta, para evitar que o barulho acordasse o marido. A mãe vestia calças compridas e camisa de mangas longas que cobriam todo o corpo. Não era possível esconder os hematomas do rosto, mesmo com os cabelos soltos para disfarçar.

Naquele domingo, o pai ficou em casa e, como sempre fazia, abriu o armário, retirou dele as armas e começou a limpá-las, lustrando-as como se fossem joias. Enquanto a mãe de Helena preparava o almoço, ele chamou os meninos para treinar tiro ao alvo nos fundos da casa. Foi a primeira vez que ele chamou Helena para participar do que parecia ser uma mera brincadeira, e não o puro aprendizado do ódio. O tiro ao alvo nesse dia não seria com latas e pedras, mas contra passarinhos e preás.

Helena segurou a Magnum 44 com as duas mãos bem firmes e demonstrou ter uma pontaria melhor do que a de seus irmãos ao atingir em cheio um sabiá que cantava sobre o muro. Incrédulo, o pai mandou que ela atirasse no preá que caminhava de um lado para o outro nos fundos do terreno. Ao som da ordem daquele homem frio e a quem ela devia chamar de pai, ainda que o desejo de fazer algo cruel como atirar em animais indefesos não fosse algo que ela conhecesse, Helena acertou no alvo, que caiu como um bicho de pelúcia despencando de cima da cama. Quando Helena disse que preferia voltar para dentro de casa e ajudar a mãe com o almoço, apontando a arma para o homem, ele tirou a arma da mão dela e lhe deu um tapa na cabeça, grunhindo como faziam os porcos dos quais ela estava acostumada a cuidar.

## Mulheres caminhando na direção do metrô

Chloé esteve nas passeatas contra os fascistas que tomaram o poder quando líderes feministas foram presas. Uma fotografia sua segurando um cartaz no qual a expressão "Canalha fascista" está escrita sob o nome do presidente circulou pelas redes sociais e pela televisão. Havia outras pessoas portando cartazes similares, mas a imagem de uma mulher idosa com os cabelos tingidos de arco-íris havia chamado a atenção de todos. Chloé não quer falar sobre esse acontecimento que perturbou sua paz nas últimas semanas. Ela tranquilizou Catarina dizendo que a memória visual não dura muito tempo para as multidões e que não era preciso se preocupar, pedindo a ela que não falasse mais sobre aquele assunto. A polícia bateu à sua porta com um mandado de prisão por ela ter xingado o presidente, mas a porta não foi aberta e a polícia desistiu depois que uma das advogadas do coletivo Clara Zetkin enviou uma defesa dizendo que Chloé se manifestava como outros tantos cidadãos o fazem em uma sociedade democrática e, tendo mais de oitenta anos, precisava de cuidados médicos.

Apesar de não se interessar por nenhum tipo de política, Catarina sabe que Chloé está mentindo. Ela suspeita de um envolvimento maior da avó nas ações contra o governo, motivo pelo qual anda tão silenciosa sobre o tema enquanto outras participantes seguem na prisão.

Catarina não tem tempo e interesse em se envolver com assuntos políticos. Ela passa os dias analisando tomografias, supervisionando técnicos no setor de diagnósticos por imagens que ela coordena no hospital. Chloé é quem a atualiza sobre a vida para além do setor das salas blindadas. É ela quem explica a Catarina que o fim do aborto legal está para ser votado na Assembleia Nacional. É Chloé quem pergunta se ela entendeu como o povo foi derrotado no tema das aposentadorias. Agora, é o aborto que está ameaçado, ela avisa. Que tudo o que se espera das mulheres é que elas trabalhem dentro e fora de casa e procriem sempre que necessário. Catarina finge que escuta a avó com o olho no relógio enquanto pede a conta.

Catarina não se importa com nada além do seu trabalho, acreditando que política é trabalho de outros e que a avó não deveria perder seu tempo com isso. Chloé fica indignada com o que, para ela, é mais que um comportamento tranquilo: é a servidão ao patriarcado em estado puro. Chloé aproveita para dizer que, no futuro, não só o marido de Catarina não irá trabalhar, mas que homem nenhum trabalhará, assim como trabalham muito menos que as mulheres no presente. Eles deixarão todo o trabalho para as mulheres e ficarão apenas se divertindo e aproveitando seus privilégios, insiste ela. Catarina pede para a avó não exagerar. Ela diz que não se importa com o fato de que seu marido não esteja conseguindo trabalho, pois vê seu esforço e sua angústia esperando um emprego que não existe. E, olhando para a conta que deve pagar com o cartão, ela brinca dizendo que, apesar de sustentar o marido, ela ainda tem dinheiro para pagar o caríssimo chocolate no Angelina.

Chloé deixa que Catarina pague a conta como costuma fazer, mas na verdade ela sempre deposita bons valores na conta bancária da neta, que sabe muito bem que o dinheiro da avó pertence a ela. Não sem a ironia que dá um ar menos cáustico a qualquer crítica, Chloé insiste que ela precisa trabalhar menos e fazer terapia para curar o que chama de servidão voluntária mórbida. Ela continua balbuciando opiniões que, na visão de Catarina, são efeito de uma postura pouco prática em relação à vida e, tomando um último gole de café, avisa que precisa voltar ao trabalho sem demora.

Chloé não poderia ficar sem a presença de Catarina em sua vida. Tampouco Catarina quer ficar longe da avó, apesar dos rumos difíceis que as conversas tomam de vez em quando. Decidindo por um silêncio momentâneo, as duas se levantam, Catarina dá o braço para Chloé e as duas caminham pela rue de Rivoli na direção do metrô que levará Catarina até o Salpêtrière.

## Vala

O corpo da mãe assassinada é colocado em um saco preto por dois homens com luvas amarelas e levado no carro do necrotério, que chega horas depois da saída dos policiais. O carro desaparece atrás das árvores e Helena fica só. Ela se pergunta por que a deixaram ali. Gira em torno de si mesma como se buscasse entender o espaço ao redor e a posição que seu corpo deve ocupar nesse dia torpe e carregado de sofrimento.

Sem saber o que fazer, Helena vai até o chiqueiro e coloca água e comida para os porcos. Ela volta, atravessando a casa manchada de sangue como se fosse acordar a qualquer momento. Liga a televisão, deixando-a num volume baixo. É o horário da novela, que a mãe nunca permitiu que ela visse e que, agora, não chama a sua atenção. Ela chega no quarto, deita na cama e espera sem conseguir dormir. Faz frio e o grunhido dos porcos avança na madrugada de maneira anormal. Helena teme que o pai assassino esteja rondando a casa. Sem poder fazer nada, nem contra os gritos, nem contra o frio e seu abraço cortante, ela se esconde debaixo da cama, onde se encolhe enrolada no lençol. Helena consegue dormir apenas quando o sol se levanta, como se a luz por si só pudesse protegê-la.

No dia seguinte, Helena é acordada por uma vizinha. A mulher pergunta se ela quer ir ao cemitério enquanto penteia com os dedos magros o cabelo que ela irá prender num coque na nuca. Por alguns segundos, Helena não sabe quem ela mesma é, onde está ou o que está acontecendo. A mulher deixa o quarto para fazer café na cozinha, como se fosse algo normal fazer café na casa onde outra mulher foi assassinada no dia anterior. Ela oferece a bebida a Helena, que se assusta com a banalidade da profanação, ainda que não haja má intenção no gesto. Helena não aceita o café, a mulher diz que ela precisa comer alguma coisa e lhe dá um pedaço de pão que tira de dentro do forno. Helena move a cabeça para dizer não. A mulher pergunta se ela não fala, ela diz que não, movendo a cabeça novamente.

As duas caminham por mais de uma hora pela estrada pela qual não passam veículos ou pessoas. Helena sente um peso estranho nas costas. Apesar do frio, suas mãos e seus pés ardem. A cabeça parece esvaziada, enquanto o resto do corpo está anestesiado. Ela não tem como pedir para descansar, vendo no gesto de testar as próprias forças a chance de permanecer firme. Ela ouve o zumbido do vento, colhe algumas flores na beira da estrada e, como a vizinha que caminha ao seu lado, projetando com seu corpo esguio sombras diversas ao longo do caminho, segue sem dizer uma palavra.

Ninguém aparece no enterro. Não há parentes ou vizinhos. Os meninos que foram embora com os policiais tampouco estão presentes. Levados para longe com o pai assassino, é provável que venham a apagar a mãe de suas memórias. É Helena quem vê o caixão de madeira baixando para dentro da vala. Ela joga desajeitadamente as flores colhidas na estrada no instante em que o coveiro lança sobre o caixão a terra acumulada na borda do buraco. Ele pergunta para a vizinha se a morta era sua parente. A vizinha diz que não, que era a mãe da menina. Ela pergunta ao coveiro por que não abriu o caixão para mostrar a mãe a ela. Ele responde que não tem permissão para abrir os caixões das mulheres que se suicidam. A mulher diz que não foi suicídio. Tendo em mãos um crânio que acaba de tirar da terra vermelha, o coveiro diz à mulher que ele não tem nada a ver com isso.

Helena não consegue lembrar o nome da vizinha que a acompanhou até ali. De seu rosto, ela guarda a linha da lágrima que desce até os lábios finos.

## Duas mulheres e um homem com tesoura na mão

Na ausência de Eva, cresce a consciência de que é preciso viver da melhor forma o tempo que Chloé e Catarina têm juntas. Por isso, elas buscam fazer coisas que as iludem de que seja possível haver alguma alegria na vida cotidiana. Ir ao cinema ou ao teatro, jantar juntas em algum restaurante na rue Saint-André-des-Arts e apreciar o modo como os turistas se portam na cidade, transformada em parque temático de si mesma, o que é sempre um fator de diversão para elas. Ir ao Café de Flore tomar champanhe ou comer crepes na rue Montparnasse são atividades que fazem parte do dia a dia dessas duas mulheres, que enganam a si mesmas com pequenas alegrias sem consistência existencial que são as únicas que lhes restaram.

Uma vez por mês, Catarina acompanha Chloé ao cabeleireiro da rue Victor Schœlcher, onde Simone de Beauvoir morou a maior parte da vida e onde Chloé assegura ter encontrado a filósofa e conversado com ela por horas no ano de sua morte em 1986. Catarina não leva muito a sério essas memórias da avó, ela está mais interessada em atender ao seu pedido para mudar a cor do cabelo, despistando, assim, os curiosos que a encaram na rua perguntando se ela não tem medo de ser presa. Catarina mostra uma revista com modelos. Chloé diz que deixará seu cabeleireiro escolher, pois cortar cabelos é um trabalho que os homens sabem fazer bem. Ela brinca com a neta dizendo que os homens mais inteligentes são capazes de entender o que as mulheres têm fora da cabeça e que deveriam se dedicar a esses assuntos colaborando, desse modo, para a boa vida em sociedade. Catarina ri da conversa esquisita da avó. Porém, quando Chloé começa a criticar a pouca competência e a nula profundidade existencial do gênero masculino, incluindo o próprio marido de Catarina, a neta pede à avó que pare e que use seu feminismo para coisas mais produtivas, pois até agora esse feminismo só vem trazendo dor de cabeça e problemas com a polícia. Chloé explica que isso nada tem a ver com feminismo, que é uma simples constatação relativa a fatos reais da vida. Ela se incomoda quando a neta diz que, na sua idade, já deveria ter aprendido a ser mais responsável. Demonstrando enfado, Chloé respira fundo e pede ao cabeleireiro que exercite sua imaginação. O jovem garoto vestido de rosa-choque, com uma tatuagem de Ouroboros num braço e algumas frases em latim no outro, corta os cabelos de Chloé num estilo *pixie cut* que combina com os fios brancos sob as velhas mechas coloridas.

Catarina parabeniza o cabeleireiro e a avó pela mudança. Ambos agradecem. O cabeleireiro pergunta se pode fotografá-la. Chloé aceita, mas Catarina interrompe, pedindo desculpas para dizer que a avó precisa evitar aparecer nas redes sociais. Chloé sabe que Catarina tem razão e aproveita para perguntar se, além de cortar cabelos, ele sabe cozinhar, lavar e passar. O jovem diz que é claro que sabe, que costuma fazer tudo isso em casa, sem entender o porquê da pergunta. Chloé olha para Catarina com um sorriso de ironia, dizendo que todo homem normal tem condições de cuidar de si mesmo e da casa e, inclusive, trabalhar em serviços adequados à sua inteligência. Catarina sorri sem graça. O cabeleireiro não entende o diálogo entre elas, e insiste com a foto. Catarina sabe que há algo errado no que ela vive com seu marido, mas não tem tempo para dedicar-se a entender o que está acontecendo, contudo, percebe que o cabeleireiro reconheceu a avó e quer faturar dizendo que cortou o cabelo da mulher da passeata contra o presidente.

Na saída do salão, Catarina pergunta por que a avó estava se deixando levar pelo cabeleireiro. Chloé diz que o rapaz era inofensivo e que ela está exagerando. Catarina retruca perguntando se ela está querendo ser presa pela polícia a essa altura da vida. Ela responde que a neta está sendo etarista. Catarina diz não saber o que é isso. Chloé pergunta como é possível que ela não conheça esse tipo de preconceito se está sempre atualizada sobre parâmetros morais e, inclusive, apontando para os preconceitos nos quais ela, Chloé, incorre. Então Catarina pede desculpas ao ser informada de que etarismo é o preconceito relacionado à idade. Chloé devolve com desculpas que têm o único objetivo de agradar a neta e diz que a ama apesar de tudo. Catarina diz que está tudo bem e pergunta à avó se ela quer sair para jantar com seu cabelo novo. Chloé pergunta se ela desistiu do marido inútil, ou melhor, o pet humano que ela tem em casa. Ela diz que deixou a ração dentro do pote e que ele sabe onde encontrar.

As duas riem, reatando o elo irônico que as liga desde sempre, e decidem entrar num táxi para escapar do frio, dirigindo-se ao restaurante Julian.

## Sangue

Na saída do cemitério, Helena e a vizinha caminham pela mesma estrada. No meio do caminho, encontram outra mulher muito parecida com a vizinha. As duas trocam algumas palavras. A vizinha conhecida vai embora por um atalho desejando boa sorte a Helena. A mulher que fica com Helena usa um vestido cor de terra e a convida para ficar na sua casa por um tempo, até que ela consiga um lugar melhor. Embora pareça uma pessoa brutalizada pela vida, como de algum modo a outra mulher também era, ela não é incapaz de perceber que Helena sofre. Essa mulher se parece com a outra mulher, aquela que a acompanhou ao cemitério, talvez seja sua irmã ou uma prima. Possui os mesmos olhos da outra, a mesma cor de pele, embora os cabelos sejam diferentes. Ela não pergunta nada a Helena, também não afirma nada. Helena percebe o medo da vida e o medo que a mulher parece ter dela, embora Helena seja apenas uma menina.

Talvez tenha sido por medo que a mulher manda Helena ficar no porão da casa. Não há banheiro no porão, nem torneira. O cheiro do suor da caminhada e o cheiro do sangue que ela traz nas calças fazem dela uma pequena mendiga, como no conto "Pele de asno", que a mãe leu para ela quando o tempo para brincar era maior do que para trabalhar ajudando nos afazeres domésticos.

O sangue da menstruação e o sangue da mãe que se espalhou pela casa mancharam seu corpo e a sua roupa, tornando-se indiscerníveis. Em vão, ela tenta contar os dias em que está com a mesma roupa. Pensando em lavar-se, decide ir até a casa onde a mãe foi assassinada. O miasma da morte está colado ao seu corpo. Ela espera conseguir se livrar daquele estado mesmo tendo a sensação de que o sangue derramado por fora corre na verdade é por dentro dela.

Helena quer vestir a blusa branca que sua mãe fez para que ela usasse na festa de São João, uma festa à qual ela não foi e à qual ela não terá a oportunidade de ir nunca mais. Conectada ao desejo momentâneo pelo qual espera recuperar alguma coisa perdida, algo que ela mesma não sabe o que é, ela se percebe tremer enquanto caminha, como se um terremoto viesse do epicentro do seu corpo. Um corpo que já não é feito de partes que se possam chamar de tronco, cabeça e membros. O tremor tenta derrubá-la, evitando que siga em frente. A imagem de uma boneca com a qual ela deixou de brincar vem à sua mente. Ela se pergunta onde a terá deixado, enquanto olha para os próprios pés, buscando ver se é real o chão onde pisa. Há perguntas que não chegam a ser formuladas na forma de frases. Ela não sabe se vai precisar de uma chave para entrar na casa. A mente de Helena é uma confusão de imagens e sons desencontrados no meio do caminho.

O rosto dos irmãos surge como uma sequência de fotografias em um labirinto mental. No ato de tentar responder a si mesma sobre o motivo pelo qual os irmãos foram levados, enquanto ela não, Helena considera o fato, talvez conhecido de todos numa cidade tão pequena, de que, na verdade, o homem que matou sua mãe não é seu pai. E que seus irmãos são, na verdade, só meios-irmãos.

Ela está só. Empurrada para o passado por uma imagem que tem força de realidade, ela vê sua mãe diante do tanque de roupa suja, mas a imagem se desvanece sem que reste nada mais em que ela possa se agarrar.

## Noiva com vestido perolado

A morte de Eva é a lente pela qual Chloé vê o mundo agora, enquanto medita sobre a vida que resta viver, à medida que abre um envelope com os resultados dos últimos exames que ela deverá levar ao médico quando sentir vontade de fazer isso. Em outro envelope, a propaganda de uma nova loja de roupas, um convite para a inauguração de uma galeria chamada Loja de Arte e, por fim, uma intimação da polícia convocando-a para um depoimento. Ela pensa que a infelicidade está programada, pois o presente não é melhor do que o passado e o futuro deverá ser ainda pior. No futuro, há a morte. Para ela, esse é um raciocínio inevitável, pois ela está, de fato, velha e doente, e, assim como há a morte, já não existem galerias, mas "lojas de arte", e a polícia que deveria desvendar a morte de sua filha está intimando-a porque ela, no meio de milhões de pessoas, xingou o presidente. Pensar em Eva morta lhe provoca dor no peito.

É apenas meio-dia, mas parece meia-noite. Helena não está em casa. Chloé vai para a cama e espera a morte chegar. A morte não chega e o telefone toca. É Catarina vindo buscá-la. As duas combinaram de tomar um sorvete. A neta pede a ela que desça, pois tem pouco tempo antes de voltar ao trabalho. Chloé desce sem dizer que está com dor. As duas se abraçam demoradamente, pois não se veem há uma semana. A neve deu uma trégua. As duas caminham pela rue Christine, viram à direita na rue Dauphine, depois andam pelo Quai des Grands Augustins. Catarina pergunta se Chloé se cansaria muito se elas andassem até a rue Saint-Julien le Pauvre. Ela acha graça dos cuidados da neta e pede que andem o quanto for preciso para chegar à única sorveteria aberta na cidade no inverno. Catarina diz que elas podem pegar um táxi. Chloé prefere andar.

As duas chegam à sorveteria com vista para a Catedral de Notre-Dame. Catarina pergunta se a avó quer tomar um sorvete pequeno ou grande. Chloé diz que gostaria de sentar. Elas encontram uma mesa e começam a olhar o cardápio onde há imagens de taças coloridas e enfeitadas. Chloé tira da bolsa um recorte de jornal com uma entrevista com a candidata à presidência da República e pede à neta que leia. Catarina pega o recorte e coloca na mochila. Chloé pergunta se ela sabe que a candidata é uma fascista. Ela diz que a única coisa que sabe é que ela precisa de um sorvete de chocolate.

Cansada do trabalho, Catarina prefere se dedicar nesse breve momento de folga a pensar nos sabores de sorvete. Chloé aproveita para dizer que hoje em dia votar é como escolher um sorvete num balcão de sorveteria. Catarina comenta que a metáfora não funciona nesse caso, pois o sorvete foi inventado por Nero, o imperador romano, numa época em que não havia democracia. E que sorvete não era uma sobremesa para o povo como é hoje. Chloé ri, comentando que aquela é uma informação inimaginável. Catarina diz que os sabores dos sorvetes dependem do gosto do freguês e, em geral, todos são enganadores, são belamente apresentados enquanto fazem mal à saúde, pois são cheios de açúcar e outras substâncias artificiais. Chloé diz que ela tem razão, e que na política também é assim, pois os candidatos são o próprio sem sabor da vida enfeitados para agradar um paladar simples. E aproveita para perguntar onde a neta leu sobre Nero e os sorvetes. Ela responde que seu marido está pensando em abrir uma sorveteria e contou a ela sobre a origem do sorvete há alguns dias.

Chloé diz que não vai comentar sobre esse parasita desocupado, que não é belo e não faz bem à saúde e, mesmo assim, engana. Catarina diz que é melhor mudar de assunto. Chloé escolhe dois tipos diferentes de chocolate e Catarina faz o mesmo, imaginando que a avó não será capaz de distinguir entre eles. Chloé analisa a diferença entre os dois chocolates e comenta que prefere o mais amargo, como a vida. Catarina saboreia o sorvete perguntando se, por acaso, a avó recebeu os resultados dos exames.

Olhando para a catedral, Chloé diz que ainda não recebeu resultado nenhum. Para mudar de assunto, ela pergunta se Catarina lembra do vestido de Eva na cerimônia do seu casamento na Notre-Dame. Catarina pergunta como seria possível ter esquecido aquele momento tão importante na vida de sua mãe. Chloé comenta que nunca entendeu como Eva caiu na armadilha do casamento. Que o ônus do ridículo, depois dos esforços de décadas de tantas mulheres para libertar o imaginário feminino, era um preço muito alto a pagar. Catarina devolve, perguntando se a avó também achou ridículo que ela tenha se casado de noiva. Chloé finge que não ouve. Eva se casou vestida de noiva em uma cerimônia caríssima com uma orquestra de cordas e flores por todos os lados. Foi tudo exagerado, comenta Chloé, e a festa, ela termina, foi pior ainda, havia pessoas que nem a própria Eva conhecia. Catarina comenta que deveriam ser convidados do padrasto. Chloé interrompe a neta para dizer "padrasto não, assassino". E lastima por não ter impedido o casamento. Catarina pergunta se Chloé disse essas coisas a Eva quando estava viva, pois agora ela está morta e não pode se defender. Chloé se cala, percebendo estar entristecendo Catarina.

O longo vestido perolado usado por Eva custou o preço de um carro, um carro popular, é verdade, mas ainda assim um carro, que poderia servir a uma família inteira por muito tempo, diz Chloé para a neta, sem esperar comentário e emendando uma pergunta: se Catarina lembra dos cabelos de Eva trançados com minúsculas pâquerettes. Eram verdadeiras, Chloé diz. Sua mãe parecia uma ninfa de um quadro renascentista, ela acrescenta. O marido, cujo nome Chloé substituiu de vez pela alcunha de assassino, estava, segundo ela, mais feio do que nunca com a mesma peruca de sempre e as rugas devidamente eliminadas por procedimentos estéticos. Catarina pede um café ao garçom e diz à avó que o sorvete vai derreter por completo se ela não comer logo.

Chloé comenta que, apesar da saudade que sente de Eva, não pode deixar de criticá-la por ter participado do financiamento da indústria do ridículo amoroso. Ela pensa que a filha foi de fato seduzida para se casar com seu próprio assassino. Cansada e buscando encerrar o assunto, Catarina pergunta à avó quando vai conhecer a sua inquilina e se levanta para pagar a conta no balcão, enquanto Chloé pensa em como promover esse encontro.

## Chumbo

Helena desenha sob a luz fraca do abajur. O pedaço de papel liso forma tons que surgem conforme a insistência em tracejar com o grafite. Do branco ao preto, os matizes são infinitos. Os traços delicados revelam o quarto arrumado como uma fotografia. A imagem que Helena busca está bem guardada, como numa gaveta que não precisa ser trancada à chave, porque, até agora, ninguém se preocupou em abri-la.

Depois de traçar ponto por ponto os elementos do quarto, paredes e móveis, ângulos e sombras, Helena passa ao esboço do corpo. As pernas e os braços, o peito, as costas, os pés descalços tocando o chão. Não é preciso muita destreza para desenhar a imagem de uma mulher sentada na cama vestindo uma camiseta preta e uma saia igualmente preta escondendo os joelhos. A mulher desenhada tem a cabeça baixa, em grande parte encoberta por cabelos pretos que vão até os seios. Suas costas um pouco arqueadas denunciam o cansaço de uma vida. É meio-dia e lá fora a neve paralisa a cidade. Não há nada ao redor dessa cena que Helena traz na memória, como uma ferida isolada na parte do corpo que ela poderia chamar de alma.

A janela está fechada, a porta está fechada, a boca está fechada. Talvez os meninos ainda brinquem lá fora, com a bola indo e vindo pela rua, gritando uns com os outros palavras estridentes. Sentada na cama, a mulher não ouve nada. O filho que traz no ventre não lhe pertence. Os filhos que nascem do seu corpo logo esquecerão de onde vieram.

Nas mãos, um pedaço de jornal serve de embrulho à massa cor de chumbo em fragmentos miúdos. Como mulher, mãe e esposa, essa vítima do mundo, e quase vítima também de si mesma, tem responsabilidades. Resta saber se ela usará suas últimas forças para comer esses grãos de veneno que se dá aos ratos. Focada no objeto, não há pensamentos atravessando sua mente, nem a óbvia meditação sobre a liberdade ou o direito de escapar da vida, apenas o vácuo entre sim e não. Ela se relaciona agora apenas com a escolha. Pesa o fato de que as crianças ficarão a esmo, embora elas não sejam mais que silhuetas atravessando a casa, tendo que comer e dormir. A morte e o abandono são um casal de assassinos, a mãe e o pai desnaturados dos que sobrevivem aos infelizes e se tornam tão infelizes quanto eles.

Helena observa o desenho cor de chumbo como um dia observou a mãe sentada na cama com o embrulho letal entre os dedos.

## Mulher deitada na cama lendo o jornal


Chloé pega o jornal debaixo da porta e segue até a cozinha para colocar um pedaço de pão da véspera na torradeira e preparar café. Ela abre a janela para experimentar a temperatura exterior na esperança de que o frio tenha diminuído com a aparição do sol. Um grupo de pessoas transita pela rua, buscando um lugar para descansar no qual não sejam incomodadas mais uma vez pela polícia, que as afugentou de marquises mais confortáveis quando o dia nasceu.

No jornal não há notícias sobre pessoas sem teto, embora elas sejam cada vez mais visíveis pelas ruas. O aquecimento global segue apagado, assim como as ondas de violência e o aumento da miséria e da fome. Enquanto fecha a janela para evitar o fedor da urina que emana da rua, ela se pergunta como um país que já foi exemplo de democracia no mundo chegou a esse estado de catástrofe social.

Ao forçar a janela, Chloé sente a dor no peito que a acompanha há dias. Ela se apoia na pia para respirar. Abrindo a gaveta à procura de uma aspirina, encontra um abridor de garrafas, um maço de cigarros e um isqueiro branco que vem usando com mais frequência. A aspirina está entre guardanapos e um saco de plástico com balas de mel. Ela enche um copo com água sabendo que é preciso fazer cada gesto com calma e não se assustar, pois seu coração já não suporta excessos. Desde a morte de Eva, ela vem conversando com a própria dor na tentativa de estabelecer um convívio com essa entidade insistente. Ela espera a dor passar, a dor vai embora como uma adversária generosa que desacelera seus golpes no ringue do tempo. Observando a si mesma, ela dá um passo medido e depois outro, andando pelo corredor na direção do quarto.

Deitada na cama, Chloé percebe que esqueceu de fazer o café. O cansaço a domina e ela decide ficar ali mesmo lendo o jornal. Na coluna social, uma fotografia chama a sua atenção. É o casamento entre um militar e a filha de um banqueiro com a presença do presidente da República e vários ministros do governo, todos vestidos com a mesma roupa e olhando ao mesmo tempo para a câmera fotográfica como se tivessem sido flagrados fazendo algo errado. Na coluna policial, um assalto a banco segue sendo investigado. Na coluna política, a criação de um novo partido de esquerda fragmenta ainda mais o que deveria estar unido. Algumas semanas antes, era ela que estava na capa desse mesmo jornal carregando um cartaz com dizeres atrevidos. O jornal fala cada vez mais da economia dos setores industriais com a substituição de operários por robôs. Chloé pensa que gostaria de viver para ver o futuro em que robôs perfeitos fabricarão robôs perfeitos e não haverá mais lugar para o imperfeito ser humano. Nesse momento, saber que não viverá muito tempo lhe traz um estranho alento.

Chloé ri de seus próprios pensamentos e da sensação de absurdo que a vida lhe traz. E como não pode fazer nada contra isso, decide dormir mais um pouco, é tudo o que ela pode fazer nesse instante antes de ir ao banco fazer um depósito para o coletivo Clara Zetkin, cujas advogadas estão lutando para tirar as feministas da prisão. Ao acordar, ela sente cheiro de café e, abrindo os olhos, vê Helena na porta do seu quarto.

## **Podre**

Helena caminha pelo chão batido contando os próprios passos. Ao abrir o portão de ferro com medo de fazer barulho, diz a si mesma que não há ninguém por perto, que ela não precisa ter medo. A porta da casa abandonada segue aberta. Dentro da casa, a luz dourada do meio-dia tinge as paredes e os objetos. O gato que vinha comer restos da cozinha aparece ao pé da porta como uma estátua de gesso. A velha geladeira que servia de armário para objetos diversos, baldes e foices, luvas e pregos, abriga uma família de pombos. Embora tudo tenha acontecido há poucos dias, os animais chegaram para ocupar o lugar que resta depois das catástrofes. Não faz sentido que os animais da rua tenham invadido a casa, na verdade nada mais faz sentido e Helena sabe disso, embora não possa enunciar com palavras exatas porque não há palavras, nem mesmo inexatas; não há, simplesmente, nenhuma palavra.

Ela também sabe, embora não possa contar a ninguém, que o cheiro podre que flutua no ambiente é o odor do sangue da mãe espalhado pelo chão. Helena fecha os olhos tentando se concentrar na tarefa de sobreviver e sair dali o quanto antes, se possível sem vomitar. Seu corpo pede para cair, mas ela não deixa que isso aconteça. Ela ergue as pálpebras e o que vê são paredes rachadas, teias de aranha por todos os lados, tábuas soltas no chão e buracos no teto. A casa parece ter sido abandonada há séculos ou é a perda da noção do tempo que se apodera da mente de Helena nessa hora.

No quarto que dividia com os irmãos menores, ela coloca uma camiseta no rosto para servir de máscara e evitar que a náusea se apodere dela enquanto volta a sentir dor nas costas. Na gaveta do armário, há uma caixa com lápis de cor e a caderneta onde ela anotava em letra bem miúda as lições de francês que a mãe vinha lhe ensinando, além de uma caixa com um colar de pérolas que pertencera à mãe quando menina e que Helena ganhou dela quando completou dez anos. Helena coloca a caixa de lápis e o caderno na mochila. Ela troca os chinelos por um par de sapatos e pega um casaco.

O silêncio no qual Helena conseguia escutar os sons dos próprios gestos dá lugar ao barulho dos porcos famintos. Com o odor insuportável atravessando a camiseta que leva no rosto, ela sente o estômago revirar. Ela precisa ser forte. E ela será forte, mas não tão forte a ponto de aguentar ficar ali. Ela busca o caminho da porta ouvindo os porcos famintos. Na culpa por ter deixado de alimentá-los, ela se dirige à pocilga enquanto se pergunta como pôde ter esquecido dos animais. Ao atravessar a sala, tenta desligar a televisão que permanece ligada no volume baixo com sons que, misturados aos grunhidos dos porcos, lhe soam incompreensíveis.

O controle remoto deve estar sem bateria e ela não consegue desligar o aparelho. Ao olhar para a televisão, Helena vê porcos boiando em um rio de sangue e pensa que tudo pode ser, de fato, um sonho ruim do qual ela deve acordar em breve. Ao som de um programa que vende crimes espetaculares, ela se prende diante de um porta-retrato sobre o balcão e, sem muito refletir, decide retirar a fotografia da moldura e colocá-la dentro do caderno. Na imagem estão seus irmãos e sua mãe, em cujo ombro resta a mão de um homem, ele mesmo cortado do retrato por um fotógrafo inábil.

Helena está ausente dessa cena familiar.

## Antígona entre duas mulheres sentadas


Chloé guarda o cigarro e o isqueiro dentro do bolso do elegante vestido fúcsia que ela vestiu ao sair da cama depois do meio-dia, com a esperança de que a dor não volte por um tempo. Ela recorta o jornal com a imagem dos homens vestidos com a mesma roupa na festa de casamento para mostrar a Catarina, sabendo que a neta a repreenderá por debochar da estética dos outros. Chloé dirá que não é possível ver o feio como melhor do que o bonito apenas porque é o novo parâmetro estético. Ela pega um táxi para encontrar Catarina na Igreja Madeleine, onde as duas ouvirão um concerto e depois tomarão uma taça de vinho em algum café aberto.

O concerto sempre deixa Chloé feliz, mas ela sai no meio e vai esperar Catarina do lado de fora. Catarina sai atrás dela e as duas caminham até o café em frente à igreja. Chloé diz que precisa de um conhaque para se aquecer. Catarina desconfia de que essa ansiedade manifesta pode ser sinal de demência senil. Ela se aproxima da avó perguntando se ela se sente bem e percebe notas de nicotina misturadas ao habitual perfume cítrico nos cabelos e nas roupas de Chloé. Catarina pergunta se Chloé anda fumando e Chloé pergunta se Catarina está brincando. Com o misto de repreensão e ironia na voz que é sua especialidade, Catarina diz que o cigarro faz mal para a circulação e, portanto, para o cérebro. Chloé diz que não adianta começar com assuntos desagradáveis e aproveita para reportar à neta as notícias que ela considera verdadeiras, como ela gosta de dizer, notícias que ela encontrou na *deep web*, ela fala de modo esnobe. Catarina pergunta se ela prestou atenção ao concerto. Ela diz que tudo foi muito bem tocado, mas inócuo, retirando do bolso o recorte de jornal e o caderno de anotações. Catarina diz que o pianista era genial. Chloé comenta que era um homem muito afetado por sua própria genialidade, o que prejudicava a performance.

Catarina pede um vinho ao garçom. Chloé começa a contar que o obituário feminino no Observatório da Imprensa Machista segue por páginas e páginas e que é urgente tornar o terrorismo machista conhecido. Catarina diz que ela deveria trocar o velho computador por um telefone portátil no qual poderia acessar notícias reais instantaneamente nos jornais de verdade. Ela suspira sentindo um pouco de dor, mas segue dizendo que na coluna do Observatório de Imprensa Machista, que ela considera o mais importante de todos os portais de notícias, há um alerta para o fato de que mais da metade das mulheres mortas figuram como suicidas na imprensa tradicional.

Chloé fala com o dedo erguido chamando a atenção de Catarina, que observa a avó preocupada. Ela interrompe a avó para perguntar se ela já viu alguém tocar Rachmaninoff melhor do que o pianista. Chloé responde que sim, muitas vezes, embora esteja mentindo, e termina dizendo que entende Antígona se matando para não ter que se casar com Hemon. Catarina não sabe o que dizer. Chloé pergunta se Catarina já se perguntou por que Antígona se matou. Ela diz que não lembra da história, mas que está disposta a ouvi-la se é isso o que ela quer contar, embora preferisse falar de música. Chloé acaba dizendo que, na verdade, achou o concerto muito chato. Catarina respira buscando alguma paciência guardada no fundo dos pulmões e lembra à avó que Eva havia comentado que sempre quis se casar e ter uma família. Chloé move a cabeça num gesto de negação como quem não acredita no que ouve. Catarina argumenta, por fim, que ela deveria aceitar que a visão de mundo de Eva era diferente da sua e, inclusive, diferente da visão de alguém tão antiga como deve ser o caso de Antígona.

Chloé acha graça, mas no fundo está preocupada que a neta tenha esquecido das aulas sobre cultura clássica ou, pior, que nunca tenha ouvido falar de Antígona. Ela sabe que o suicídio de Eva não tem nada a ver com o suicídio de Antígona, sobretudo porque no caso de sua filha não se trata de um suicídio, mas de um assassinato. Ela reconhece que Eva era apegada aos namorados, um dos quais foi o pai de Catarina, que se mudou para a China ao receber uma proposta de emprego do banco em que trabalhava. O pai que Catarina não conheceu nunca mais deu notícias, ela cresceu com o tema do pai ausente sempre recolocado por sua mãe, que era um pouco convencional no jeito de criar a filha. Ao contrário, Chloé sempre dizia que assim era melhor, que um pai fantasma é melhor do que um pai tarado ou violento, ou louco ou prepotente. Que era melhor criar filhos sem pai.

Eva costumava repreendê-la por dizer isso à neta. Chloé pensava que era melhor não criar mitos para as crianças. Enquanto Eva encenava o Papai Noel, Chloé explicava a Catarina que era preciso aceitar que sua mãe gostava de fantasias. Com muita sinceridade e dedicação, Chloé criou uma tal cumplicidade com a neta que a convenceu de que o pai era um inútil, e a prova disso era que ele tinha fugido de suas responsabilidades e, mais, que a falta de responsabilidade não demonstrava uma falta de amor especial, porque há pessoas, sobretudo homens, que são incapazes de sentir amor, seja especial, seja banal, assim como são incapazes de ter responsabilidades, e que o seu pai era apenas mais um entre muitos outros homens que agiam da mesma maneira. Catarina cresceu sem ver na falta do pai um problema maior, mas Eva não conseguia deixar o tema de lado.

Eva colocou seus namorados na posição de pais de Catarina, que por sua vez seguiu mais interessada nos assuntos da avó do que nos assuntos da mãe. O então marido assassino era apenas um pouco mais novo do que Chloé, e Catarina não o via como um pai, nem mesmo como um avô. Ela nunca gostou de estar com ele, mas também não acredita que ele seria tão ruim a ponto de matar a própria esposa.

## Fuga

É o retrato da família, seus irmãos e sua mãe, que Helena colocará sobre a mesa do quarto que ela irá ocupar na casa de Chloé muitos anos depois.

Ela abre tanto o armário, que sempre pareceu fechado à chave, como abre sem esforço nenhum a gaveta da mesa redonda de madeira escura na qual guarda agora seus instrumentos de desenho. Na gaveta vazia, coloca a velha arma retirada do móvel que, para seu espanto, nunca esteve trancado por seu pai ou por sua mãe. Se espanta ao imaginar que os adultos não temessem que as crianças fossem capazes de pegar as armas. E se espanta mais ainda ao imaginar que eles estavam preparados para que isso acontecesse. No meio desse raciocínio está o tema da fuga que começa agora, ou terá começado antes, ela não sabe bem. Então, muito antes de estar sentada na mesa do quarto do apartamento de Chloé, preocupada em desenhar as linhas que compõem o espaço observável, Helena encontra a consciência que será fundamental para o resto de sua vida; que a fuga é a única forma de sobrevivência possível para uma pessoa como ela.

Desde o momento em que deixa a casa onde nasceu, ela segue em fuga. É na direção contrária à casa na qual o homem que ela tinha como pai matou a mulher que era a sua mãe, que ela segue, recomeçando a vida entre os atos de inspirar e expirar, numa sequência medida e, tendo isso em mente, ela entenderá os acontecimentos passados e, quem sabe um dia, o que ainda está por ser vivido. Essa fuga infinita na direção contrária à casa só será possível porque a fuga se apresenta como uma forma de vida.

Diante da folha de papel na qual desenha o quarto que a acolhe nesse momento, Helena lembra do quarto da infância. O instante em que decide sair da casa é conservado como vento que sopra dentro dela mesma, indo e vindo, como tempestade anunciada. O espaço abandonado é conservado como uma caixa sem conteúdo e que não pode ser jogada fora. Guarda-se nela a pressa, na contramão do tempo presente, e a sensação de que não há como viver sem ir embora.

Ainda dentro de casa, ela intui que não seria bom que soubessem que ela passou por ali. Os brinquedos dos meninos continuam espalhados no cenário de infelicidade explícita. Com alguma esperança de encontrar a boneca perdida, Helena olha embaixo do sofá, onde encontra o livro de orações da mãe e o rosário de contas. Ela o guarda na mochila, junto com a arma e os objetos de utilidade improvável que ela vem recolhendo. De posse desses instrumentos, ela lembra que tem treze anos e que deve ser mais responsável agora do que quando era criança, quando sua mãe a ensinava a fazer biscoitos de leite, a limpar a casa ou a dizer algumas frases em francês.

## Mulher penteando os cabelos diante do espelho

Diante do espelho, Chloé avalia a transformação do seu rosto enquanto tenta se acostumar ao novo visual. Ela pintava os cabelos como um arco-íris desde que era jovem e Eva ainda não havia surgido em sua vida. Sentindo-se uma velha pensando na morte, ela percebe o peso do anacronismo. Ela explica a si mesma que está velha, que essa é a palavra que ela deve usar, como se não fosse óbvio que esse é o seu caso. Ela consola a si mesma dizendo que todos os velhos devem se sentir mais ou menos anacrônicos. Ser velho é perceber que os tempos mudaram, explica a si mesma enquanto penteia os cabelos buscando dar a eles uma forma elegante como quando saiu do cabeleireiro.

Viver como se não houvesse fim está na moda, pensa Chloé. Depois percebe que o sentimento de anacronismo talvez venha da mania de pensar sobre assuntos difíceis, numa época em que ninguém mais se ocupa em pensar sobre coisas difíceis. Ela deveria agir como todo mundo, como se seus problemas não fossem mais que problemas imaginários, como se não houvesse morte, ou como se, havendo morte, devesse simplesmente esquecer disso e aproveitar a vida sem se deixar atrapalhar por coisas tão abstratas como pensamentos difíceis sobre assuntos difíceis.

Então Chloé pensa em pôr um piercing no nariz enquanto coloca pasta de dentes na escova e medita sobre o título de um livro visto no dia anterior na vitrine da livraria Simone Weil. Ela pensa em ir à livraria para comprar *Complexo de Antígona*, já que esse é o seu assunto do momento, mas logo desiste de se dedicar a teorias complicadas que já não importam a muita gente. Basta ler a tragédia, não é preciso entender a sua teoria, ela se conforma enquanto pensa em caminhar até a rua para fumar um cigarro sem levantar suspeitas, mas a dor no peito continua mandando seus recados e ela não pode brincar.

Chloé sabe que explicar o mundo nunca foi o seu forte. Que ela nunca foi boa em nada muito sério. Inquieta com a dor que sente no peito como se, dentro dela, a expansão do oco não tivesse fim e ela estivesse se transformando num quasar, ela lava o rosto, enxágua a boca, olha os dentes recém-lavados sem nenhuma vontade de sorrir, as rugas ao redor da boca estão mais intensas desde que voltou a fumar e, vendo a si mesma como um desenho em *sfumato*, ela lembra que tinha algum compromisso, mas não lembra qual era esse compromisso. Então pensa em falar com Helena antes que ela decida ir embora.

## Carne

Helena aprendeu com a mãe a matar animais para alimentar a família. Foi com a mãe que ela aprendeu a separar entranhas e pele, músculos e ossos. Junto da mãe, cortar a carne dos animais, colocar dentro das tripas, era um saber antigo tão manual como bordar um pano de secar pratos com uma estampa de flor. A mãe de Helena matava os bichos em silêncio. O grito do porco durava por horas, diferente do das galinhas que pareciam mais abstratas e, por isso, menos próximas da morte. À noite, a mãe de Helena ensinava orações aos filhos, às vezes em francês, para não esquecer como ela havia aprendido na escola, às vezes em português, quando estava cansada demais para lembrar.

Helena detestava repetir as palavras, adorava ouvir a voz da mãe tentando colocar o mundo em alguma órbita que Helena jamais conseguiu compreender. Inquieta-a até agora que sua mãe, portadora de tantos conhecimentos, ela que era mestra na escola de habilidades incompatíveis e, por isso mesmo, tão impressionantes ao olhar de uma menina, como matar um animal de dia e rezar com os filhos à noite, ela, que lhe ensinava a costurar as roupas e costurar a morcilha, que sabia limpar a casa e fazer a lição de matemática, que sabia fazer pão e lamparinas, que sabia matar porcos mesmo que essa fosse uma tarefa tão triste, ela, que sabia mais do que Helena jamais soube, como era possível que essa mulher tenha sido assassinada de uma maneira tão absurda, por um homem que ela deveria conhecer, de quem ela cuidava, cuja roupa ela lavava, um homem que ela acordava pela manhã e que ela fazia dormir à noite, um homem cuja comida ela preparava como preparava a comida dos filhos, das galinhas e dos porcos, como ela não foi capaz de ver o perigo que corria vivendo sob o mesmo teto que esse homem.

Tendo à sua frente o caderno de desenho, Helena se pergunta como uma mulher que a instruiu na arte de matar porcos, de trinchar carne e ossos de animais, foi capaz de se deixar matar por um homem. Essa não é uma pergunta que se faça, ela pensa e, mesmo assim, ela faz. Que a mãe não pudesse imaginar o que estava por acontecer, ela sabe, mas que ela mesma não tenha sido capaz de perceber, considerando que estava ali vendo toda a violência vivida pela mãe, é algo que ela não consegue perdoar em si mesma.

Ela pensa nos chinelos largados no quarto e decide desenhá-los no canto esquerdo da folha de caderno que acaba de destacar. Ela ouve o barulho da água escorrendo na pia do apartamento de Chloé. E logo é o barulho da água a escorrer nos fundos da casa de sua família, onde a mãe foi morta por seu pai, ou o homem que ela chamou de pai, na presença de seus filhos, como se ela fosse um animal de abate. Ela desiste de buscar os chinelos que tenta desenhar agora. Os porcos gritam de fome, a televisão continua ligada. Um zumbido eletrônico atravessa as paredes, a água verte da torneira aberta compondo a paisagem sonora repleta de ecos que confundem os ouvidos dessa menina, que um dia será uma mulher atravessando o mundo sem saber como e por quê.

O som vem do fundo da garagem onde fica o tanque no qual sua mãe lava as roupas da família. As roupas dos filhos e as roupas do marido, que se tornou seu assassino, mas não as roupas de Helena, que aprendeu a cuidar das próprias coisas muito cedo. A água escorre com força reverberando como um arranjo feito com instrumentos musicais estupefacientes. O que a mãe de Helena tem agora entre as mãos é o próprio vestido de algodão cheio de sangue que ela lava com cuidado sob a água que verte da torneira em profusão. Vendo o empenho da mãe, Helena pergunta se ela sabe o que aconteceu. Envolvida que está em se limpar, a mãe não a escuta. Compadecida com a ignorância dessa mulher que não deve ter percebido que seu corpo já foi enterrado, Helena pergunta se ela quer ajuda. Seus olhos cansados dizem tudo o que Helena precisa saber. A diferença é que agora a mãe sorri com a tranquilidade que não tinha quando estava viva.

## Mulher na cadeira de rodas

Embora Chloé tenha uma profunda sensibilidade visual que a leva ainda hoje a dar pareceres sobre a veracidade de obras de arte para compradores do mercado clandestino ou desconfiados diretores de museus que desejam ter certeza de suas aquisições, na vida cotidiana ela é uma mulher simples e prática. À Helena ela não pede nada, senão que ela telefone para o pronto-socorro, caso seja necessário, e que, se morrer dormindo, que ligue para Catarina.

Chloé ganhou muito dinheiro com seu trabalho e poderia ter ido embora da casa da mãe se ela quisesse. Mesmo assim passou a vida com a mãe. Cuidou dela, primeiro acompanhando-a em visitas a médicos, depois cuidando dela em casa quando teve a ajuda da zeladora do prédio e de outras funcionárias que vinham apenas quando era imprescindível, pois a velha Alice não gostava de ter pessoas em casa, nem mesmo para ajudar. A descoberta da doença degenerativa que obrigava a mãe a viver entre a cama e a cadeira de rodas pesou muito sobre todas as escolhas que Chloé poderia ter feito na vida. Alice, por sua vez, era uma mulher que parecia assustada com a vida como um todo, uma viúva infeliz que desenvolveu uma afeição por outra viúva, certamente menos infeliz do que ela. Chloé sabe que a mãe sobreviveu pelo estímulo de não deixar a filha sozinha em um mundo que sempre foi hostil e que se tornava cada vez mais hostil para as mulheres. Talvez menos hostil quando as mulheres se unem para ajudar umas às outras, ela pensa enquanto olha as fotografias em que ela e Eva aparecem juntas. Chloé sente como se sua mãe e sua filha a tivessem abandonado e isso a obriga a refletir sobre o fato de que ela mesma não pode deixar Catarina só, que é melhor sobreviver o máximo de tempo possível, apesar do sofrimento e do caráter enfadonho da vida, que piora muito desde que sua mãe e sua filha não estão mais por perto.

Entre os cuidados com a mãe e a galeria de arte onde Chloé trabalhava, a vida não incluía folgas. Chloé se especializou em reconhecer obras autênticas e inautênticas até que seu patrão foi à falência devido a golpes por parte de colecionadores inadimplentes e demitiu-a com meses de salários atrasados que nunca foram pagos. Ela passou a trabalhar sozinha, ganhando um bom dinheiro no mercado formal de arte, mas muito mais no mercado clandestino. Seu trabalho era coletar obras em museus e vendê-las para gente rica. Chloé nunca contou isso a Eva nem a Catarina, pois as duas logo teriam dito que se tratava de roubo e não apenas de uma apropriação sutil ou de um deslocamento de bens estéticos, como Chloé gosta de pensar. As obras autênticas eram substituídas por cópias idênticas a elas nos museus. As pessoas não suspeitam que muitas obras importantes dos museus de Paris, onde Chloé podia atuar com segurança para realizar seu trabalho, na verdade não estão lá. Ela não sente culpa em relação a isso. Eva não entenderia. Catarina não entenderá.

Ao longo da vida, sobretudo nas estações mais amenas, Chloé empurrava a mãe na cadeira de rodas até o Museu do Louvre ou o d'Orsay para ver as obras, e eventualmente iam a outros museus como o Orangerie ou o Jacquemart-André. As duas passavam horas analisando um quadro e conversando sobre ele. A mãe de Chloé levava consigo um estojo de pintura e, mesmo se considerando uma artista frustrada, avançava na arte de fazer esboços, pois dizia que o melhor jeito de observar uma obra é fazendo uma cópia dela. Enquanto Chloé fotografava as obras escolhidas, numa época em que câmeras fotográficas eram coisa de profissionais, sua mãe consumia o tempo fazendo esboços das telas. O que no começo eram garatujas, com o tempo foram melhorando e se transformando em ilustrações com certo estilo. Alice tinha vergonha, enquanto Chloé tinha planos.

Os funcionários dos museus eram capazes de reconhecer mãe e filha, tal a frequência do par de damas elegantes andando pelas salas e corredores. Foi nessa época que Chloé começou a pintar os cabelos de arco-íris. A proximidade com os funcionários do museu foi avançando, e com o passar do tempo elas eram convidadas para todos os eventos. Chloé e Alice conheceram os diretores dos museus, que se encantavam com os conhecimentos de história da arte das duas visitantes assíduas. Chloé se aposentou quando a mãe morreu, embora às vezes seja chamada para dar pareceres sobre novas obras que surgem no mercado, que ela prefere chamar de "oculto" do que de "clandestino", reservando esse adjetivo para tráfico de pessoas e outros crimes hediondos com os quais não quer comparar o seu complexo *métier*, do qual, por mais estranho que possa parecer de um ponto de vista moral, ela se orgulha.

Seu passatempo preferido nos últimos tempos consiste em entrar na gigantesca fila para ver a Monalisa. Mesmo tendo acesso direto por conta da idade, ela prefere ficar na fila, já que, para alguém que, como ela, conhece a obra muito bem, o que se torna mesmo interessante é a reação das pessoas diante da obra. Muitos turistas que visitam a pintura parecem mais encantados com o fato de estarem na fila para vê-la do que com a obra em si. Chloé gosta de fotografar as pessoas na fila, seus rostos, roupas, cabelos, bolsas e sapatos, mas também expressões corporais e faciais. Ela gosta de capturar os rostos nas diversas idades, embora deteste as conversas de quem quer que seja. Com uma velha Nikon, ela consegue captar a ansiedade e o tédio dessas pessoas entregues às novas obrigações culturais impostas pelo mercado do turismo e assumidas sem motivo por gente que age como rebanho. Ela fotografa do modo mais discreto possível para que ninguém perceba. Na visão de mundo de Chloé, a Monalisa não merece a histeria coletiva em torno dela, também porque, na verdade, a Monalisa não está lá onde as pessoas a veem.

Que Chloé tivesse sido a responsável por retirá-la do museu e entregá-la a um colecionador por um preço que resolveu todos os seus problemas financeiros para o resto da vida há mais de quarenta anos, não é motivo de culpa.

Chloé não sente culpa, tampouco sente satisfação pelo que fez. Na época em que levou a falsa Monalisa debaixo da cadeira de rodas de sua mãe e a trocou pela verdadeira, não havia tantos turistas e não se valorizava tanto aquele retrato da mulher de sorriso minimalista.

Chloé não sente culpa pela Monalisa sequestrada. Catarina a julgaria perversa por falsificar um bem da humanidade, e é evidente que ela jamais contaria isso à neta, como não contou à filha. Alice morreu com o segredo. Alice B. Toklas já tinha falecido havia mais de uma década quando isso aconteceu e Alice não teve mais amigas a quem pudesse ter revelado o feito. Vendo os guardas impedindo que as pessoas fotografem a pintura e fiquem diante dela por mais de um segundo, e pensando no que significa ter remorso ou a falta dele, Chloé desiste de sua contemplação do falso e caminha sozinha até uma pintura que é muito importante para ela, *A rendeira*, de Vermeer, exposta algumas salas depois. Não há ninguém diante da mulher que se debruça solitária sobre seus apetrechos de fazer renda em algum quarto perdido na Holanda do século XVI. Ela contempla a imagem procurando seu defeito, e se surpreende ao não encontrá-lo. Não tendo força nem motivo para conter uma lágrima, Chloé pergunta à rendeira se ela sabe o que aconteceu com Eva, mas a rendeira está, ela mesma, morta e, por isso, não a escuta.

## Porco

Helena não sabe o que fazer pela mãe, que lava a própria roupa sem perceber que morreu. A tarefa exige dela toda a sua concentração nesse momento. Melhor deixar a mãe, pensa Helena, e se dedicar às próprias responsabilidades, embora a noção de responsabilidade, como a de limpar a casa, de fazer a lição da escola, de tomar banho antes de dormir, de apagar a luz para economizar energia elétrica, de não mexer com fogo, de não brincar com facas, de fechar a porta ao sair e tantas outras pequenas coisas que fazem um dia se seguir ao outro, tenha se esvaído com o acontecimento que obriga a mãe a lavar a roupa.

Só a fome dos bichos a inquieta. Com a mochila nas costas, disposta a sair de casa e não voltar mais, ela pega um saco de milho que vem servindo de alimento para os pombos recém-instalados e o leva nos braços até a pocilga. O saco está mais leve do que era, mesmo assim suas costas se curvam ao peso. A dor é intensa, mas não para fazê-la desistir. Ela vai liberar os porcos do seu confinamento, mas não sem antes dar-lhes de comer. O saco de ração pesa, talvez o corpo tenha perdido a memória do peso que carregou tantas vezes, talvez ela tenha perdido a destreza nesses dias em que esteve fora dos habituais esforços físicos envolvidos em cuidar da casa e dos animais.

O corpo perde o costume, Helena lembra dessa frase, dita por sua mãe ao matar uma galinha para o almoço no último domingo antes do seu assassinato há um dia, há dois dias, talvez há uma semana. Andando com pressa à medida que o grito dos porcos se intensifica, Helena se pergunta se a mãe, ao dizer o que disse, estaria cansada, ou se o costume ao qual ela se referia, o costume perdido pelo corpo, seria o costume de matar. Ela se pergunta se alguém se acostuma a matar. Helena se interroga sobre como seria esse costume de matar que a mãe teria perdido.

O dia está nublado e uma chuva fina e gelada vem atrapalhar seu andar, apressado por calar a fome dos porcos em meio a questionamentos que jamais encontrarão respostas. Chegando ao cercado um pouco mais alto do que seus olhos podem ver, Helena verte o conteúdo do saco para dentro das cocheiras e um enxame de moscas sobe cortando a garoa fria. Ela sobe na escada que ela mesma havia construído sobrepondo tijolos para facilitar o próprio acesso à pocilga, quando precisava ver melhor os porcos, contar um a um, saber se todos comiam e quanto comiam, se engordavam ou se estavam doentes. Ela não gosta de olhar para eles desde que a mãe a proibiu de chamá-los pelo nome, alegando que não se dá nome aos animais que serão abatidos. Os porcos estão em silêncio, ouve-se apenas um grito entre o barulho das moscas. Helena decide olhar para dentro e é surpreendida por uma massa de corpos mortos. Um único bicho segue vivo. Ele grita esmagado sob o corpo de outro. Ela abre a portinhola para deixá-lo ir embora. Ele saberia viver nos arrabaldes até ser caçado pelos moradores, gente tão faminta quanto o animal que podem abater. Assustada com a imagem amorfa da morte, ela pensa em correr na direção da casa da vizinha enquanto vê o porco correr na direção do nada. Pegando a arma dentro da mochila, ela atira acertando o animal no meio da sua corrida pela vida.

Assim como ela, o porco não tinha para onde ir. Lembrando do nome do porco e do nome da mãe, ela guarda a arma na mochila e segue seu rumo. Ciente do seu destino, Helena decide avançar cuidando para que não haja ninguém às suas costas com uma arma para matá-la, como aconteceu com sua mãe e como aconteceu nesse momento com o pobre bicho, crente de que, ao correr, escaparia da morte.

## Carrossel com barraca de frutas ao fundo


Chloé brinca no carrossel enquanto sua mãe compra uma maçã em uma barraca de frutas. A mãe atendeu ao pedido de Chloé em troca de sua companhia no enterro de Gertrude Stein, que aconteceu há menos de uma hora nesse dia quente no cemitério Père-Lachaise. Alice B. Toklas estava triste como permanecerá o resto de sua vida. A mãe de Chloé gostaria de tê-la acompanhado até o chá em sua casa, mas não queria descumprir o compromisso assumido com a filha. Preocupada com a saúde de Chloé, que teve uma pneumonia no ano anterior, sua mãe decide lavar a fruta para que ela possa comê-la bem limpa e se dirige ao chafariz, distanciando-se do carrossel.

Alice ainda tem medo de sair de casa, embora a guerra tenha terminado há mais de um ano e suas amigas, tão francesas como ela, lhe digam que não há mais problemas para quem é judeu. A ancestralidade judaica de Chloé está perdida no tempo, sua única avó judia se converteu ao cristianismo ao se casar com um francês mais de um século antes, porém, apesar disso, a mãe passou os anos da guerra tomando muito cuidado, sobretudo depois da morte do marido, pois sabe que argumentos ilegais e falsos podem ser usados contra alguém indesejável em qualquer época. Alice está confusa, não lembra se deixou a porta do apartamento aberta. Ela teme encontrar alguém em casa ao chegar. O cemitério não deveria ser um lugar perigoso, mas ela viu muitas pessoas que considerou suspeitas, imaginando que possam ter ido para o apartamento de Alice B. Toklas, onde ela servirá bolo e chá àqueles que acompanhavam o cerimonial. Chloé já conhece a ansiedade da mãe, mas sabe também que é preciso ter calma. Ela é apenas uma menina, mas acredita que uma vida minimamente normal pode ser vivida se não levar muito a sério as paranoias da mãe. No futuro, quando já estiver na cadeira de rodas, a paranoia de Alice dará lugar à falta de memória e tudo será mais fácil para Chloé administrar.

Chloé segue brincando no carrossel. Ela sabe que, ao completar treze anos, Alice não a deixará mais subir nos cavalinhos, dizendo que não é mais uma criança e que uma mocinha precisa comportar-se como tal. Ela não sabe de onde a mãe tirou essa teoria, mas só resta aceitá-la, porque é melhor evitar discussões inúteis com pessoas com a mente tensa como considera ser o caso de sua mãe. Na vida é preciso não ter pressa, é como Chloé pensa nesse momento em que a adolescência está prestes a começar, e é como ela vai continuar a pensar quando estiver bastante velha, sem pressa de viver e sem pressa de morrer. A mãe está angustiada, mas ela segue tranquila no brinquedo.

O carrossel roda e deve rodar mais algumas vezes. A mãe se distrai. Chloé está tranquila sobre o cavalinho branco embalado na monotonia do acordeão tocado por um homem que, sentado na escadaria, mostra que sobreviveu à guerra apesar das pernas que lhe faltam.

Chloé não percebe a mão que a agarra por trás e tapa sua boca. Ela é carregada por um minuto, talvez dois ou três minutos, com a boca e os olhos tapados. A respiração e os ruídos guturais informam que ela foi capturada por alguém muito maior do que ela, um homem ou algum outro animal em fúria, algum tipo de lobo mau como dos contos de fadas ou até mesmo um monstro, um bicho-papão. O tempo nesses minutos parece infinito e o medo toma seu pequeno corpo ainda em fase de crescimento. Uma de suas narinas está escondida sob a mão que esmaga seu rosto e que cheira a podre. No esforço de calá-la, o dedo do homem vai parar dentro de sua boca. Ela não pode gritar. Ela não tem tempo de pensar em nada, mas pode morder o dedo que está dentro da boca e é o que ela faz.

Chloé morde a carne com gosto de madeira queimada com tal força que seus dentes chegam ao osso da falange. O homem dá um grito e, por reflexo, a derruba no chão. Com os olhos abertos, Chloé procura a luz além dos arbustos. Desesperada, ela corre enquanto o homem a persegue tentando agarrá-la de volta. Em um minuto ela chega à praça com a boca cheia de sangue. Preocupada em não sujar a roupa e não assustar a mãe que pode se impressionar com os menores detalhes, ela tenta respirar e caminhar firme escondendo o pavor que ainda sente. Seu corpo treme. Ela sabe que escapou por pouco de alguma coisa terrível, mas sua mãe não precisa saber o que aconteceu e assim ficar imaginando o que poderia ter acontecido. Chloé cospe com força para tirar os restos de sangue da boca com o cuidado de não se sujar ainda mais. Ela olha para trás vendo o movimento entre os arbustos. Mesmo sentindo dor no joelho esfolado, ela caminha o mais rápido que pode e, ao ver a mãe que chama por ela, ela lembra que não pode deixar que caiam as lágrimas.

Alice a abraça ao vê-la e, com evidente desespero, pergunta o que aconteceu enquanto a segura pela cabeça com as duas mãos para olhar em seus olhos e ver se a filha está inteira. Ela vê os restos de sangue em seu rosto e abre sua boca para ver se algum dente se quebrou. Alice pergunta sobre o sangue que ela traz na blusa, mas Chloé disfarça e diz que seu nariz sangrou. Desconfiada, Alice pergunta o que ela comeu e ela responde que não comeu nada, sabendo que há algo estranho demais acontecendo. Ao ser perguntada sobre onde estava, Chloé responde que fora em busca de um banheiro. A mãe a repreende por ficar muito tempo no brinquedo, por sair de perto dela, por não avisar que sairia de perto dela e, no pico do desespero, quando toda queixa é permitida e todo arrependimento se instaura, ela a repreende por estarem no carrossel mais uma vez, apenas para fazer a vontade de Chloé, porque ela está sempre caindo na armadilha de fazer as vontades da filha; elas deveriam ter ido à casa de Alice B. Toklas, respeitando uma cerimônia de despedida em vez de atender aos caprichos de uma menina irresponsável.

Chloé pede desculpas e sente vontade de chorar, mas ela não costuma chorar, muito menos diante da mãe. As duas se abraçam e o silêncio se faz presente para alívio da menina. Elas caminham para casa, onde Chloé tomará um banho de banheira e dormirá na cama da mãe, sentindo-se protegida.

## Mancha


Helena chega de volta ao quarto que lhe foi destinado no porão, pela vizinha que a acolhe em sua casa. Órfã, ela se sente como a Cinderela dos contos de fadas que sua mãe lia quando era pequena, sobretudo pela sujeira em que se encontra. No lugar do sapato que a faria se casar com um príncipe, ela tem um par de sapatos quase destruídos. A pergunta sobre onde estarão seus irmãos levados pelo pai assassino não sai de sua cabeça. Ela imagina os meninos assustados. Os três eram muito ligados à mãe, que os mimava com bolos e doces e os abraçava e beijava o dia todo, muito mais que Helena, a quem a mãe se preocupava em ensinar a sobreviver, talvez porque fosse a mais velha, talvez porque fosse mulher.

A imagem da mãe à porta, mandando-a tomar banho e pentear os cabelos, coisa que Helena jamais gostou de fazer, vem à sua mente, e é a esse imperativo exterior que ela continua sendo convocada. Diante da frustrada tentativa de se limpar na casa da mãe assassinada, diante da inospitalidade de sua anfitriã, a única solução parece ser se lavar no tanque, considerando que não há banheiro no porão. A sensação de frio no meio do calor, um frio que sobe pelo estômago e se instala no topo da cabeça, não a deixa. Não fosse por essa sensação, ela estaria anestesiada. Sentir frio, de algum modo, é melhor do que nada sentir, ela pensa enquanto respira fundo como se buscasse certificar a si mesma de que está viva. Do lado de fora do porão, ela abre a torneira do tanque. A água não vem. Ela gostaria que sua mãe estivesse ali agora, mas é a dona da casa que chama por ela. Helena sobe a escada que leva até a varanda, atendendo ao chamado da mulher.

A dona da casa está sentada em frente aos dois policiais que levaram seus irmãos no dia em que sua mãe foi assassinada. Os homens falam pouco. Dizem algumas frases espaçadas para a mulher, que aquiesce com movimentos lentos da cabeça. Nenhum deles vê Helena chegar. Raios de sol atravessam os galhos das árvores e alcançam o rosto da mulher, dividindo-o ao meio. Seu semblante triste se torna confuso. Ocupada em verificar a distância entre os presentes, Helena busca os contornos dos corpos. As rugas da testa da mulher acompanham seus lábios finos, compondo um traçado horizontal em contraste com as rugas verticais do rosto do policial, cuja barriga redonda e inchada combina com os olhos, nesse momento estranhamente vidrados. Os fios de cabelos brancos, soltos sobre os cabelos pretos amarrados para trás, formam um emaranhado confuso com a estampa de flores miúdas do vestido cinzento. Os pés pesam sobre desbotados chinelos de pano contrastando com as botas embarradas dos policiais vestidos com roupas esverdeadas. Helena quer compreender o diálogo entre luz e sombra no qual surge o reflexo de uma arma exposta na cintura de um dos homens.

A conversa entre os policiais e a mulher se passa ao fundo dessas imagens como uma transmissão radiofônica distorcida. Helena calcula a distância entre os corpos, vendo formar-se um triângulo equilátero. Ela se pergunta onde estará sua professora de matemática. E pensa em fugir para procurá-la. Um dos policiais diz à mulher que o pai levou os filhos com ele, que a menina deve ir para o orfanato até que alguém da família da mãe venha buscá-la. A mulher pergunta se é mesmo necessário levar a menina. Com os olhos cansados, escondendo com os cabelos no rosto a mancha que é idêntica aos hematomas que Helena se acostumou a ver no corpo de sua mãe, a mulher sem nome diz que a menina parece forte e responsável e pode trabalhar em sua casa.

O policial de barba diz que ela está enganada, que as filhas são iguais às mães, que com essa não vai ser diferente. Os olhos de Helena navegam de personagem em personagem fixando-se nas linhas e nos pontos. O policial com a camisa menor que a barriga diz que a mulher morta enganava o marido. O policial de barba diz que era natural que o homem defendesse a sua honra. A mulher olha quieta como se não soubesse o que dizer, lembrando do próprio marido que costuma espancá-la quando está irritado, chamando-a de prostituta e vadia, mesmo que nenhum outro homem a queira.

As palavras prontas retiradas dos arquivos prolíficos da misoginia assustam Helena. O policial de barba diz que uma vadia não pode parir outra que não seja também ela uma vadia, que o pai não a levou junto porque sabia bem quem a vadia morta tinha colocado no mundo. Uma vadia está morta, mas a semente está viva, é o que o policial com a camisa apertada explica à mulher escondida atrás dos cabelos.

Helena percorre as linhas dos corpos em silhuetas sobre um fundo de fogo. O policial com a barriga grande e os olhos vidrados afirma que filho de peixe, peixinho é. A mulher sem nome move as pálpebras em câmera lenta, vítima de um cansaço ancestral que a impede de falar. O policial com a barriga fora da camisa afirma que a mulher à sua frente deveria agradecer a Deus, como se Deus tivesse alguma coisa a ver com isso, que ela deveria agradecer a Deus por não ter tido filhas mulheres. A mulher responde, sim senhor, como se a afirmação fosse uma pergunta. O policial com os grandes olhos saindo das pálpebras cospe no chão ao dizer que a mulher que morreu era uma porca. Aquilo nem era uma mulher, era uma vaca, ele afirma, alisando a arma que tem no coldre preso à cintura, e que corta ao meio seu corpo em membros finos e tronco redondo. As veias da garganta sobressaem. O pescoço vermelho sustenta a cabeça falante cujas palavras tocam os ouvidos de Helena como demorados choques elétricos.

Fixada em anotar num desenho mental os contornos dos presentes, traços e linhas, Helena não tem como defender sua mãe que passava os dias trabalhando, cuidando da casa e da família. Não havia tempo para outros homens, além dos homens da família, pai e irmãos que dependiam dela para tudo. Ela não pode dizer aos policiais que era testemunha disso, e que seu pai proibia a mãe de sair de casa sem ele. As pessoas que iam até ali eram mulheres em busca de serviços de costura. Essas constatações vêm à mente de Helena, que segue se perguntando sobre o que se passa, até que a mulher diz a ela que vá pegar suas coisas.

A cena desenhada antes se desfaz, trazendo-a para a realidade. Talvez seja pior estar em um orfanato do que no pequeno quarto no porão da casa no qual aranhas e ratos fazem seus ninhos. Imaginar tem sido muito difícil desde que ela foi devorada pela realidade. Nesse momento, é natural ter medo dos homens com seus uniformes, armas e palavras ferinas, com olhos esbugalhados, mau cheiro e maus modos. Ela não sabe como pedir à vizinha que lhe permita ficar. Ao mesmo tempo, sabe que mais cedo ou mais tarde terá que ir para algum lugar. Tensa, Helena tenta falar, mas percebe que sua voz continua presa. Ela move mãos e cabeça tentando sinalizar que não quer ir com eles. O policial de barba a puxa pelo ombro dizendo que tem mais o que fazer do que esperar uma vadiazinha de merda se arrumar para ir embora.

As palavras pendem da boca do homem como nacos de carne apodrecida. Helena vê uma fogueira atrás dele e desce correndo para o porão enquanto os homens derretem em sua imaginação, deixando um cheiro de borracha no ar. Apressada, ela pega sua mochila e sai correndo na direção da rua, pois não há outro lugar para ir. Ela corre até que o carro da polícia se interpõe à sua frente, fechando o seu caminho. Helena escapa para a borda da mata, mas um corpo mais forte do que o seu a agarra e joga para dentro do carro.

## Desenho em perspectiva e sombra

Chloé acorda atrasada e veste roupas quentes para sair de casa. A neve continua e a temperatura está para além de sua capacidade de resistência. Ela deverá ir de táxi até Versailles, onde irá certificar um colecionador de que é verdadeira uma aquisição recém-feita. Chloé pega a bolsa, dentro da qual leva um estilete, luvas de plástico e lentes. Ela costuma levar esses objetos sempre que vai visitar ricos compradores de obras de arte. O mercado das cópias que ela conhece bem tem seu valor, mas há quem prefira pagar pela verdadeira e ela custa caro.

No hall, depois de calçar as botas apropriadas para a neve, que não são as mais confortáveis, ela veste o casaco e verifica os bolsos procurando a chave. Encontra o maço de cigarros e o isqueiro. Percebendo aberta a janela da sala de estar, imagina que Helena a tenha deixado assim para que o frio invada a casa inteira. Pensando em perguntar à sua hóspede como ela suporta o frio, Chloé se dirige ao quarto de Helena e descobre que ela não está lá. Cedendo à curiosidade, caminha o mais rápido que sua idade permite até a mesa na qual Helena costuma trabalhar à noite. Ela sabe que está invadindo o recinto alheio, como fazia quando era menina e entrava no apartamento do casal Stein e Toklas para olhar os desenhos dos artistas que passavam por ali.

O caderno está fechado sobre a mesa. Chloé o abre com cuidado, evitando mudá-lo de lugar. Na primeira página, um retrato fidedigno do quarto no ângulo exato onde se encontra o caderno. A imagem parece uma fotografia em branco e preto. Ela compara todos os ângulos e se espanta com a capacidade técnica de estabelecer relação entre perspectiva e sombra. Helena pode se tornar uma excelente gravurista, ela pensa. Na página seguinte, em traços mais rápidos, um homem ajoelhado veste roupas militares. Ele tem uma metralhadora a tiracolo e, nas mãos, a própria cabeça, cujos olhos estão fechados. No chão, ao lado desse corpo, em um equilíbrio impossível, entre galhos e folhas de árvores, o capacete do uniforme de guerra. Na terceira página aparece novamente o desenho do quarto, idêntico ao primeiro como se fosse uma fotografia. Uma mulher sentada na cama tem um embrulho nas mãos. Chloé olha o desenho de Helena espantada com a forma fotográfica da cena e, se não prestasse atenção, não veria que se trata de um desenho a grafite.

Chloé leva um susto quando é flagrada por Helena, que acaba de surgir na porta. Ela sente uma dor no peito e uma espécie de tontura, já que sentir vergonha não é algo de seu feitio. Helena percebe o desconforto da invasora, embora ela seja a dona da casa e, num sinal amistoso, oferece à anfitriã mal-educada o café que traz nas mãos. Chloé está lívida e, constrangida, se desculpa, dizendo que procurava por um livro que tinha certeza que estava na estante daquele quarto. Chloé olha para Helena medindo cada um dos seus milimétricos movimentos de olhos, mãos e cabeça.

Depois de se justificar, diante dessa mulher de costas arqueadas a cujo silêncio ela ainda não se acostumou,

Chloé pergunta se ela aceitaria jantar com Catarina, sua neta, que virá à noite. É o modo que encontra para ser gentil com Helena depois do que sabe ter sido uma imensa grosseria. O convite é uma tentativa de aproximação evidente, desejo que se intensifica com o efeito que os desenhos de Helena causam em sua mente curiosa.

Na falta de uma justificativa sincera para dizer não e, na verdade, sem ter como declinar do convite, Helena acaba aceitando-o com um sinal afirmativo da cabeça. Ela espera que Chloé saia do seu quarto para que possa dedicar-se aos seus desenhos, mas Chloé tem outros assuntos com ela e pergunta se ela pode ouvi-la.

# **Ódio**

Os homens falam entre eles enquanto Helena ouve grunhidos. O movimento do carro transforma a paisagem lá fora em um filme. Na direção, o policial de barba resmunga palavras incompreensíveis para o outro, que, deitado no banco reclinado ao seu lado, responde com grunhidos idênticos. Helena percebe que eles falam baixo com a intenção de que ela não os escute. O barulho do carro sacudindo sobre o chão pedregoso seria suficiente para evitar a decifração daquelas mensagens trocadas entre eles, fechados em seu mundo próprio, alheios a qualquer alteridade.

Helena não os entende, mas pressente o perigo. Eles fazem parte do mundo de seu pai, levaram seus irmãos, a levam agora sem que ela possa saber para onde vai. Essas são as premissas que a obrigam a pensar no pesadelo em que ela está. Os olhos vidrados do policial que dirige o carro parecem ainda mais vidrados do que os do outro policial quando olha pelo espelho na sua direção. O policial com a barriga maior que a camisa está no banco ao lado do motorista, um pouco reclinado para trás. Ele se move como se quisesse encontrar uma posição para dormir. Seus olhos estão vermelhos como a pele do seu rosto. Ele trocou a camisa menor que sua barriga por uma camiseta amarelada retirada do porta-luvas. O carro inteiro foi tomado pelo cheiro azedo do seu suor. Helena tranca a respiração procurando dentro da mochila a camiseta para tapar o nariz e suportar a viagem. O policial estica a cabeça para trás como em esgares à beira da morte. Ele tem uma crise de tosse e cospe pela janela do carro as substâncias insalubres que saem de sua garganta.

A noite chega na autoestrada. O barulho do motor apaga os barulhos da natureza lá fora. O grito de fome dos porcos é uma voz do além que enche os ouvidos de Helena quando o carro para no acostamento diante de uma imagem de Nossa Senhora Aparecida encrustada na pedra, camuflada pelo escuro da noite. Talvez esses homens tenham parado para rezar, livrando-se assim da culpa que sentem, ela pensa, ao mesmo tempo sabendo, no fundo desse pensamento, que está errada.

Lembrando da mãe ensanguentada sobre a cama, tendo o cheiro de sangue colado ao corpo, Helena sente náusea. O policial de barba a encara pelo espelho retrovisor. Seus olhos brilham no contraste do escuro geral com a luz dos faróis. Ele sai do carro depois de ter trocado algumas palavras incompreensíveis com seu colega. O que eles dizem permanece indecifrável, exceto a palavra *vadia* ecoando junto ao ruído dos porcos, repetido como uma música pertubadora na mente de Helena. Ela se segura na mochila sem poder evitar o medo que uma situação como aquela produz. O policial deitado no banco lembrando o olhar de um cavalo à beira da morte se move de modo violento, lançando-se com o corpo todo para o banco de trás. Ele se joga sobre Helena, sufocando-a com seu peso. Ela tenta se desvencilhar, mas não tem força e não consegue gritar para pedir socorro. Dizendo que ela é uma vadia que cheira mal, ele sai de cima dela, mas prende seus braços e pernas. Ela não pode gritar. Enquanto a imobiliza, ele ri e pergunta com deboche se ela não quer chupá-lo.

Helena tem apenas treze anos e não sabe o que ele quer dizer. Ele a segura pelos punhos com uma mão, com uma das pernas ele achata as pernas de Helena, com a outra mão livre ele abre o zíper da calça e lhe mostra o pênis. Helena entende como uma anomalia física e a sensação de náusea se intensifica. Ela vomita um líquido branco sem que tenha comido nada. Ele dá um tapa em sua cabeça e ela fica tonta. Helena sabe que homens têm um órgão usado para urinar diferente das mulheres. Seu pai e irmãos urinavam em pé. Ficavam de costas, ela lembra, para que ninguém visse o que faziam. O pênis do homem é feio e um pouco maior do que o pênis de seus irmãos pequenos que ela estava acostumada a ver. Logo o órgão fica inchado entre pelos emaranhados. Helena entende que o órgão serve como uma arma para provocar medo naquele momento. É o corpo do ódio que ela aprenderá a reconhecer ao longo da vida.

No coldre preto colado ao corpo por uma cinta está o revólver que reluzia ao sol na casa da mulher sem nome. O homem solta os punhos de Helena por um segundo enquanto se organiza para atacá-la. Helena se esquiva para o canto do carro e segura a pequena mochila com os pertences que ela trouxe consigo. Decidido a estuprá--la, ele volta a agarrá-la com toda a força, baixando suas calças. Um grito mudo arrebenta suas cordas vocais. Ele segura o pescoço dela impedindo-a de respirar. Ele a vira de bruços e aperta suas costas, rindo ao perceber a cifose acentuada e as escápulas tortas. Ele ri dizendo que nunca comeu uma corcunda. Então, ele pisa em suas costas. Ela imagina que vai morrer como a mãe morreu, de costas para seu assassino.

Ele a sufoca. Ele a estupra. Helena sente dor, náusea e tontura. Ele solta uma gargalhada estridente e pesada. Entre a dor e o nojo, ela volta a vomitar sobre o banco do carro. Com uma das pernas sobre o banco e a outra caindo para fora, com as calças arriadas e o pênis à mostra, o policial começa a rir, virando-a para ver seu rosto. Ele a encara perguntando se ela gostou, se quer mais. Pergunta se ela quer ser a vadia dele daqui para a frente mesmo sendo uma corcunda feia que fede como uma porca.

Helena tenta respirar enquanto ele ri delirantemente, falando palavras incompreensíveis. Ela se concentra na respiração buscando se manter forte sem conseguir olhar para ele. Ele a pega pelo cabelo e lhe dá um tapa no rosto enquanto a chama de vadia, afirmando que seu chefe não vai gostar de ver que uma vadia como ela sujou o carro de vômito. Além do vômito, ela está suja de sangue. O policial estuprador grita alto para que seu chefe escute que a vadia era virgem, e ao dizer essas palavras ele parece forçar a própria gargalhada como se não fosse capaz de se conter. Um fio de saliva grossa cai da boca. Dentes apodrecidos mostram-se mais e mais. Helena respira mais fundo enquanto ele se entrega à catarse que o riso lhe provoca. Nesse momento, Helena recupera a mochila em que estão seus pertences. Ele se contorce de rir, sussurrando entre espasmos as palavras vadia, virgem e corcunda, e, sem limites para a histeria, diz que ela precisa tomar banho, que ela é a puta mais suja que ele já viu. Ele grunhe como um porco sufocando-se em seu próprio riso. Helena o observa atônita. Da boca que se escancara e soluça, a abrir e a fechar, pode ver a lesma desesperada que qualquer um chamaria de língua, da qual verte um volume viscoso cada vez maior, a ponto de cair da boca. A sístole e a diástole desse órgão desesperado em seu estrebuchar capturam o olhar de Helena. Nesse instante aberto ao infinito do medo, ela escuta o próprio coração, sobre o qual segura a arma com as duas mãos bem firmes, ainda dentro da mochila. A boca que se abre e se fecha, salivando descontroladamente, é a de um monstro em forma gelatinosa que não cessa seu movimento.

É olhando para esse abismo que ela ergue a arma e aperta o gatilho. A arma dispara. O projétil entra pela boca que, de súbito, para de rir. Com força, ele cai para trás, batendo a cabeça no vidro, que é instantaneamente tingido de sangue. Muito mais tarde, Helena verá nessa explosão mais do que a mera morte, que, nesse momento, ela não sabe explicar e não pode compreender. Segurando a arma com firmeza, ela observa a cena. Ela poderia estar perplexa, talvez devesse estar em choque, mas desde que viu a mãe assassinada com um tiro na nuca, nada mais a espanta. É a primeira vez que ela mata um homem. E ela não sabe o que isso significa.

## Menina com cesta de ossos

A mãe de Chloé dorme ao lado da filha virada para a porta. Chloé acordou trêmula com um sonho no qual ela é chamada por uma menina para entrar em um buraco no chão, como na história de *Alice no país das maravilhas*. A menina corre para todos os lados catando alguma coisa no chão. Depois de muito esforço, ao alcançar a menina e tocar seu ombro, ela vira o rosto e lhe mostra uma cesta carregada de ossos. Chloé acorda assustada ao ver que a menina é ela mesma.

Há cerca de uma semana, desde que Helena chegou, Chloé voltou a sonhar como não acontecia havia muito tempo. Em seus sonhos, crianças aparecem sem dedos e sem dentes. Chloé sabe que é a morte que se aproxima. Ela vem em sonhos para não assustar quem tem amizade com ela. É um pensamento estranho que a acompanha ao longo da vida, o de ser, de algum modo, amiga da morte. Ela pensa em Eva, no que ela poderia ter sonhado antes de morrer. Logo a sensação de injustiça a toma. Na sua visão de mundo, os pais devem morrer antes dos filhos. Não há um dia em que ela não diga a si mesma que teria preferido morrer no lugar da filha. E o que faz essa morte doer ainda mais é o fato de que o assassino com quem Eva se casou era um velho conhecido de Chloé, um homem com quem havia trabalhado no passado.

Chloé havia combinado de encontrar Eva para um piquenique no gramado do Jardin du Luxembourg. As duas faziam aniversário no mesmo dia e desde os quinze anos de Eva elas comemoravam bebendo uma garrafa de champanhe em algum parque da cidade. Elas levaram esse costume até o último aniversário que puderam comemorar juntas, quando Chloé já não conseguia se sentar na grama sem a ajuda de uma almofada que a fazia sentir-se ridícula. No começo, era ela quem bebia mais, depois as duas dividiam a garrafa e, nos últimos tempos, Chloé não conseguia beber mais de meio copo e a garrafa acabava ficando pela metade.

Naquele dia, no Jardin du Luxembourg, as duas se sentaram sobre uma toalha xadrez colocada na grama verde e se atualizaram sobre as banalidades da vida. Sobre elas, o céu azul do verão. Nessa época, Chloé tinha uma encomenda para entregar a um colecionador. Havia procurado um velho fornecedor, não o melhor deles, mas habilidoso, cujos serviços ela não contratava havia muito tempo. Tendo ido ao apartamento em que ele morava e também trabalhava fazendo pinturas por encomenda, ela lhe pediu a cópia da *Olympia*, de Manet. Depois de combinar o preço, ele lhe ofereceu um café, que ela aceitou pois estava fazendo hora para o encontro com Eva, que à época tinha apenas vinte e três anos e deixava a pequena Catarina na creche para ir à faculdade onde cursava farmácia. Ao servir o café, o homem tentou beijá-la. Ela estava acostumada com o assédio dos homens, que viam em seus cabelos coloridos e seu estilo sempre na moda, em sua simpatia e liberdade, uma estranha chave para seduzi-la, às vezes de modo agressivo. Indignada com a estupidez do sujeito, ela saiu correndo e esqueceu a bolsa. Contudo ela havia dito que iria ao Jardin e, lembrando disso, ele pegou a bolsa e caminhou entre os canteiros procurando a sua proprietária.

Ao ver Chloé, ele se aproximou e sentou-se, mesmo sem ser convidado. Chloé agradeceu pela entrega da bolsa, apresentou sua filha e logo explicou que elas estavam numa comemoração em família. Percebendo que não era bem-vindo, ele deixou um cartão com um número de telefone nas mãos de Eva, que, sendo simpática, convidou-o a ficar com elas. Chloé teve de dizer que preferia que ele fosse embora, o que ele fez deixando transparecer seu incômodo. Para desespero de Chloé, Eva passou a encontrar esse homem, o que, segundo sua visão dos fatos, era a maneira que Eva havia encontrado de ter um pai. Chloé acreditava que Eva era de tal modo dominada pelo mito da paternidade necessária que havia se lançado nessa relação absurda com um homem bem mais velho e bem desinteressante. Além disso, Chloé não teve que dividir Eva com um pai e não pretendia dividi-la com um marido, muito menos um que, tendo a sua idade, a tinha importunado sexualmente numa época em que as mulheres sentiam vergonha pelo assédio que sofriam sem jamais reclamar, sem muitas vezes contar a ninguém.

Chloé escondia seus negócios de Eva, e não queria ter que contar como encontrou aquele sujeito e que tipo de serviço ele prestava. O convívio entre mãe e filha foi prejudicado a partir do momento em que eles começaram a namorar. Para não contar nada a Eva, ele exigiu dinheiro e se tornou dono da situação, colocando Chloé na posição de culpada. Ela acabou aceitando e, tendo ou não cumprido o combinado, Eva jamais demonstrou ter qualquer conhecimento daquilo. Mais tarde, Chloé se arrependeu de ter mentido para a filha, mas não havia mais nada a fazer. Era melhor deixar como estava, porque, embora soasse impossível, pelo menos para Chloé, ser feliz com um homem daqueles, Eva parecia feliz.

Chloé sente culpa pela morte de Eva. Ela pensa que deveria tê-la protegido sempre e mais, como quando, com poucos dias de vida, a trouxera para casa enrolada num cobertor com estampa de baleia. Eva nasceu a fórceps, em uma noite de verão, no exato dia em que Chloé completava trinta anos. A mãe biológica de Eva havia atravessado o Mediterrâneo em um barco lotado com outras pessoas e sobrevivido a um naufrágio por milagre, mas não teve a mesma força para aguentar o parto difícil alguns dias depois, quando conseguiu chegar a Paris, onde pretendia refugiar-se.

Desde cedo, em meio a mil fabulações, Chloé contou a Eva sobre a adoção. Chloé foi uma mãe amorosa que gostava de encantar a filha com histórias de fadas fantásticas e princesas mágicas. Eva cresceu acreditando que era uma princesa vinda de outro planeta até aprender a rir das histórias de sua mãe e entender as desgraças pelas quais passavam imigrantes tentando chegar na Europa em busca de uma vida melhor. Chloé conta isso a Catarina, que já sabe de tudo e se comove com tudo, mas não pensa que seja sua tarefa lutar nessa causa, pois acredita ter o direito a desenvolver sua própria história como uma história de felicidade.

Quando Eva nasceu, Chloé havia passado por um aborto depois de ter se envolvido com o filho do zelador do prédio. Na época, para além do casamento, sempre poderia haver sexo voluntário entre as classes, sobretudo porque as moças, fossem da burguesia ou das classes exploradas, buscavam construir as próprias experiências tratando sexo e liberdade como sinônimos. Eram os anos da liberação sexual das mulheres e Chloé teve uma vida animada como convinha à sua época, até que cansou daquilo tudo e se inscreveu no serviço de adoção para ter direito a adotar um bebê.

Ocupada com a mãe que envelhecia e com a filha que crescia, assim como estava com um trabalho exigente que demandava sua máxima atenção e discrição, Chloé acabou tendo que apagar o sexo de sua vida por absoluta falta de tempo e certa impaciência com o mundo dos homens. Deitada em sua cama, meditando no velho sonho da menina com a cesta de ossos, com medo de morrer, e lembrando daquele dia triste, ela pensa que não pode esperar mais para acertar as contas com aquele sujeito que ela julga ser o assassino de sua filha.

## Morto

Helena segura o revólver dentro da mochila furada pelo projétil. À sua frente está esse corpo mole que há poucos minutos era o corpo vivo de um policial e estuprador ao mesmo tempo. Talvez seja o corpo de um pai de família, de um filho e de um irmão, de um tio, de um marido, nada permite saber, mas é provável que esse homem tenha uma família como qualquer outra pessoa. Os olhos vidrados estão agora revirados. A boca está aberta. Os dentes podres foram tomados pelo sangue e seguirão podres por décadas até a total decomposição, processo que segue à putrefação do corpo como um todo. A bala entrou pela boca e saiu pela nuca, desaparecendo para sempre no chão do acostamento tomado por pedras e plantas.

Ao longe, a voz do policial de barba, até então ausente, atravessa o escuro. Ele vem de longe, chamando por seu colega cujo nome é incompreensível aos ouvidos de Helena. Até agora Helena não conseguiu se vestir. No silêncio, pode ouvir os passos do policial sobre o cascalho do mesmo modo que ouve as batidas do próprio coração. Ela engatilha o revólver como aprendeu a fazer naquele domingo em que o pai havia mandado que ela atirasse nos animais no fundo da casa. Ela guarda bem viva a memória desse gesto. Não sabia o que estava fazendo quando tirou o revólver do armário e agora esse instrumento torpe e perigoso vem ser a sua única proteção. Do mesmo modo, ela não sabe como o pai teve a coragem de atirar em sua mãe e por que fez uma coisa dessas contra a mãe dos seus próprios filhos. Helena não consegue entender por que as coisas seguem o rumo que seguem.

O intervalo entre os passos aumenta, até que tudo cessa. A mãe morta não sai da sua cabeça. Seu corpo, numa espécie de sabedoria ancestral, faz-se de morto. O policial lá fora, abre a porta do carro e lança uma interjeição de perplexidade diante da cena. Ele fala coisas incompreensíveis. Um facho da luz de lanterna atinge o rosto de Helena. É preciso fazer muita força para resistir ao foco de luz sem mover uma pálpebra. Os grunhidos do policial vivo ora se dirigem a ela, ora se dirigem ao policial morto. Com a ponta metálica da arma, o policial toca a perna de Helena verificando se ela está viva.

Helena sabe que o policial vivo e o policial morto são perigosos, cada um à sua maneira. O vivo porque pode matá-la, o morto porque a estuprou e poderia tê-la matado, e na posição de morto desperta maus sentimentos no vivo, inclusive o medo e a vingança. Estar morto é o melhor que o policial que a estuprou pode fazer agora, ela pensa. Em meio a esses raciocínios, no instante em que pensa em abrir os olhos para ver, ela também aperta o gatilho, fazendo com que o policial vivo se torne mais um policial morto.

Agora são dois policiais mortos que ela tem diante de si. É a segunda vez que ela mata um homem, seguida do ato de matar um homem pela primeira vez.

## Moça diante do livro de anatomia suína


Helena está ocupada em desenhar um porco. Debruçada na mesa da biblioteca do Museu de História Natural, ela tem um livro de anatomia suína à sua frente. Seu objetivo é fazer um porco tão real que provoque a ilusão de ser uma fotografia, e não um desenho a grafite. Ela passou a semana indo ao Louvre para olhar as pinturas holandesas, dedicando-se aos *trompe-l'oeil* nos quais vasos cheios de flores refletem vidraças com moscas e outros insetos. Para Helena, aquelas pinturas são mais impressionantes do que uma fotografia. Elas revelam a evolução do olho humano. A memória dos porcos chama por Helena, e ela decide colocar um enxame de moscas sobre o porco concebido em *chiaroscuro* do modo mais delicado.

Terminado o seu trabalho, Helena toma o rumo da casa de Chloé. Atravessa o Jardim Botânico tomado pela neve como um grande campo em branco no qual Deus poderia desenhar qualquer coisa. Ela se pergunta há quanto tempo não lembra de Deus. Não havendo ninguém por perto, talvez Deus possa estar ali. Ela senta em um banco abandonado sentindo algo que poderia chamar de gratidão, um sentimento de compensação por estar sozinha e poder parar para respirar. O tempo passa, ela fecha os olhos por um minuto buscando os sons que por acaso sobrevivem a esse momento no gelo. O silêncio move o mundo, ela pensa. Então, Gertrude

Stein, sentada ao seu lado no banco, sugere que ela não esqueça o compromisso com Chloé e Catarina. Helena não entende o que ela diz, Alice B. Toklas traduz. Helena suspira, se levanta e caminha rumo à casa na qual ela deve comparecer para jantar.

Chloé chegou em casa carregada de ingredientes para preparar o jantar ainda sem ideia do que servir. Desde que Eva se foi, ela não tem vontade de cozinhar, tampouco de comer. No passado, ela era uma exímia criadora de suflês, mas hoje não quer ter trabalho e é muito provável que acabe por colocar alguma coisa congelada no forno se a inspiração culinária não aparecer.

O apartamento costuma estar gelado desde que Helena veio habitar nele, mas nesse momento os aquecedores parecem estar funcionando bem, as janelas estão fechadas e a temperatura está agradável. O quarto ocupado por Helena tem a porta fechada, o que por si só desperta a curiosidade de Chloé. No dia em que conversou com a hóspede emudecida, ela não disse nada, embora tenha aceitado o trabalho proposto por Chloé. Agora, ela se sente dividida. Vai até a geladeira e guarda dois queijos que talvez não sejam comidos por ninguém já que Catarina se tornou vegana e ela mesma perdeu o apetite. Os queijos foram comprados com o objetivo de oferecer algo típico a Helena. Ela deposita os legumes num tabuleiro de madeira sobre o balcão e hesita em colocar no forno um dos dois pratos congelados que comprou no supermercado, sentindo certa vergonha por fazer isso, afinal, aquilo não era comida como ela entende que deveria ser.

Um cassoulet e um ensopado de vieiras, não importa, os congelados são duas coisas esquisitas.

Enquanto ela arruma as coisas na cozinha lembrando que deverá voltar a Versailles no dia seguinte, pois seu cliente decidiu comprar outra obra duvidosa, a porta fechada do quarto de Helena não sai de sua mente. O enigma da casa fria precisa ser desvendado. Ela olha o relógio na porta do forno e, num impulso, decide convidar Helena a se unir a ela na cozinha. No dia em que conversaram, o aquecimento ficou em segundo plano. Agora é a oportunidade perfeita para se aproximar mais um pouco de sua hóspede esquiva, antes que Catarina chegue.

Chloé bate na porta uma vez, duas vezes e aguarda. Nada acontece. Ela chama por Helena sem retorno. Sua curiosidade é maior do que seu senso moral nesse momento e ela decide abrir a porta. Não há ninguém no quarto. A inércia diante da ausência de Helena dura pouco. Ela entra no quarto imaginando que descobrirá tudo o que precisa saber. Abre o armário e não encontra nada. Também não há nada atrás da porta, além de uma toalha de banho pendurada. Por um minuto chega a pensar que Helena foi embora sem avisar, mas logo vê uma fotografia sobre a mesa, uma mulher e três meninos, e imagina que ela não iria embora sem levar consigo algo que parece tão íntimo. Se perguntando como e do que Helena vive, pois não há outros pertences visíveis, nem mesmo o caderno de desenho que ela conheceu sobre a mesa, Chloé abre a gaveta onde não encontra nada. Depois pondera que Helena talvez mantenha suas coisas dentro da mochila com a qual chegou na sua casa. O único lugar que resta verificar é debaixo da cama. Ela desce até o chão, primeiro ajoelhando-se e depois baixando a cabeça, em movimentos calculados e, tentando distinguir as formas na penumbra, consegue ver uma mochila camuflada na meia obscuridade sob o móvel. Não é possível que Helena carregue todas as suas coisas em uma mochila, ela pensa imaginando como fará para olhar dentro dela.

Deitada no chão, em um empenho complexo para sua idade, Chloé puxa a mochila para fora e percebe que o fecho está emperrado. Não há o que fazer, não será possível abrir. Ela começa o processo de levantar-se com cuidado, pois é muito fácil quebrar os ossos nessa fase da vida. Ela não deveria ter abandonado as aulas de ginástica. De quatro, apoiando-se nos braços, ela traz uma perna para a frente, o que lhe permitirá se erguer, enquanto deixa o outro joelho no chão antes de conseguir se levantar por completo. Ela percebe que esqueceu a mochila e precisa empurrá-la mais para o fundo, recolocando-a exatamente onde estava. Ela retorna ao ponto e, com o esforço máximo, sentindo a dor voltar nesse exato instante, empurra a mochila. É preciso refazer o trajeto e talvez seja possível usar a cama como apoio. Um par de sapatos velhos surge na altura do chão à sua frente. Ao erguer os olhos, ela vê Helena com um olhar decepcionado.

Elas se entreolham perplexas por alguns segundos, até que Helena se ajoelha e abre a mochila, dentro da qual se pode ver roupas pretas bem dobradas e, em meio a elas, um par de armas.

Chloé desmaia de susto. Ela acorda mais tarde sobre a própria cama. Há cheiro de comida no ar e uma xícara de chá ainda quente sobre a mesa de cabeceira.

## Santa

Helena demora a soltar o revólver. Sem entender muito bem como a arma funciona, ela tem medo que continue a disparar, embora saiba que para que a arma dispare é preciso a ação de engatilhar. A luz dos carros que passam ilumina a cena por segundos. Os lampejos de luz permitem constatar que os homens mortos têm mais sangue do que ela.

Helena ainda não conhece a palavra estupro. Ela sabe que algo muito ruim aconteceu com ela e que será preciso fazer alguma coisa diante desse acontecimento. Contudo sabe também nesse momento que é preciso sobreviver. O sangue se espalhou nas suas pernas produzindo manchas como uma pintura malfeita. Mais suja de sangue do que já estava quando o homem a atacou, ela recoloca a roupa arrancada por ele, transformado agora em massa amorfa junto ao parceiro. Ela prende os cabelos e usa a camiseta que traz dentro da mochila para limpar o suor do rosto. Helena não chora. Ela se pergunta como sair dali enquanto olha para a imagem de Nossa Senhora Aparecida aprisionada na pedra e quase invisível na noite escura.

Dentro do carro um homem morto cai com todo o seu peso sobre o outro homem morto. O rosto do segundo morto está sobre o púbis do primeiro. A boca do segundo toca o pênis amolecido do estuprador que foi o primeiro a morrer. O pênis desaparece entre pelos sujos de sangue no momento em que não está mais ereto. Helena fotografa mentalmente a cena lembrando de um ninho de ratos que ela encontrou sob o tanque e que a mãe exterminou com uma vassoura. Ela lembra também dos porcos mortos e pensa que é cedo para chegarem as moscas.

Helena se sente fraca e com sede. Ela tenta se levantar quando é tomada por uma vertigem que a obriga a parar. Concentrada em recuperar as forças, ela respira fundo, sentindo muita dor nas costas e, se prestar bem atenção, a dor está no corpo todo. Ela decide pegar uma arma dos policiais e guardá-la na mochila. É assim que consegue a Remington Rand, que vai acompanhá-la por muito tempo. Como os policiais tinham essa arma, ela jamais saberá, mas isso também não importa. O que importa é algo bem mais prático, que ao procurar dinheiro nos bolsos desses homens, ela consegue uma quantia considerável. Cada um deles carregava por dentro das roupas pequenos pacotes de notas graúdas embaladas à vácuo. Como dois policiais assalariados conseguiram esse dinheiro, também não importa.

A porta aberta do carro deixa a luz acesa em seu interior, enquanto, ao redor, o escuro toma conta. Helena empurra para dentro do veículo parte do corpo do morto que restou do lado de fora. Tendo encontrado fósforos nos bolsos desse morto, ela acende um palito, cuja chama é, de súbito, apagada pela brisa da noite sem lua ou estrelas no céu. Fora do carro, com o olho que se acostuma ao escuro, Helena vê a imagem da santa camuflada na gruta.

Ela sente vergonha diante do pequeno ícone, por estar suja e ter matado dois homens e imaginando que sua mãe acenderia uma vela se estivesse ali, tirando, assim, a santa do escuro, ela acende outro palito de fósforo que se apaga como aconteceu com o primeiro.

Aproximando-se do rosto da santa, ela acende mais um palito protegendo com a mão a chama que se forma. A ponta do fósforo cai diante da imagem, acendendo gramíneas secas que iluminam o rosto da santa por alguns segundos. E assim ela faz com outros palitos de fósforo, tentando contar quantos restam, se haverá palitos suficientes na ansiedade pela nitidez que ela experimenta nesse momento. Tocando com a mão esquerda o rosto preto e frio da imagem abandonada à solidão no meio da estrada, ela pensa no que sua mãe diria e não consegue encontrar resposta.

É Helena que toca a santa, mas é a solidão da santa com seus pequenos olhos desenhados que toca a solidão de Helena. Mais um palito de fósforo aceso torna visíveis os espelhinhos espalhados pelo manto. Entre luzes e sombras o rosto se faz brilhante. Helena se concentra no minúsculo fio de tinta vermelha formando a boca da imagem petrificada. O fósforo se apaga mais uma vez, enquanto Helena busca entender a proporção do rosto em relação ao corpo. Por um segundo, ela esquece a violência vivida. Então a santa abre os olhos e, com firmeza, diz *vá embora*. Assustada, Helena tomba para dentro de si mesma, ficando presa na sua própria posição. Ela lembra da mãe dizendo que as santas falam com as meninas de vez em quando e que por isso ela deveria aprender a rezar, pois rezando a comunicação seria mais fácil se um dia acontecesse com ela. Helena não pode fazer nada, ela correria se suas pernas não tivessem sido imobilizadas pelo espanto e suas mãos não estivessem petrificadas sobre a boca aberta diante do milagre. Helena não pode falar, não pode andar. Mover o corpo e sair dali é um desejo para o qual não existe força. Ela pensa estar sonhando e é se concentrando na hipótese de que tudo não passa de um pesadelo que ela fixa seus olhos nos olhos de pesar da santa. Helena entende que ela está viva sem que esteja viva, mas ela não saberia explicar isso para si mesma nesse momento que, em tudo, parece uma alucinação. Ela gostaria de perguntar à santa se ela está sonhando mesmo, mas sendo impossível pronunciar qualquer palavra ou mover qualquer parte do corpo, Helena fecha os olhos e espera a realidade acordá-la. O alarme do carro dispara e, talvez pela força do novo susto, Helena consegue se mover. A santa voltou a ser pedra. Helena pega a caixa de fósforos que estava diante dela e, tendo as palavras da santa a ecoar em seus ouvidos, ela se aproxima do carro, abre o tanque de gasolina e joga um palito aceso lá dentro, sem esperar para ver a explosão. Ela corre na direção do asfalto com a energia de quem aprendeu a escapar da morte.

Mesmo sem saber para onde ir, tendo em mente apenas que se trata de ir para longe, Helena avança. A travessia que lhe cabe nesse momento não lhe dá chance de se perguntar como poderá sobreviver. O trabalho do fogo segue estridente entre sons, luzes e cheiros até que desaparece por completo. Ela anda sem sentir o chão sob os pés, guiada apenas pela própria estrada, sem saber que abre um caminho em seu movimento. Quilômetros à frente, entre árvores e arbustos, seu corpo tomba sem que ela perceba que já não domina as próprias pernas. Ela se encolhe como feto dentro do útero de pedras e galhos que acolhe seu corpo agora. Faíscas e fumaça ficam para trás, contidas no buraco do tempo e do espaço do qual ela tenta escapar com vida. O silêncio toma o asfalto. Recolhida em seu cansaço, Helena ouve o barulho das portas que se abrem e se fecham dentro da casa assassinada, até que, parceiro inconteste da morte, o sono vence a memória.

## Tâmaras, figos e amêndoas

Helena corta cebolas e as coloca para refogar em uma panela funda com bastante azeite em fogo baixo. Junto vão as folhas de sálvia e o tomilho para perfumar o prato. Ela demora a tirar a pele e as sementes de uma quantidade de tomates quatro vezes maior do que a de cebolas. É o tempo de refogar a cebola para iniciar o molho. Ela acrescenta os tomates picados e vários dentes de alho amassado para que desapareçam durante o cozimento. Sobre a mesa ela colocou um quilo de farinha, na forma de uma montanha, e abriu nela um buraco no centro, transformando a montanha em um pequeno vulcão. No buraco ela coloca doze ovos frescos, cuidando para mantê-los inteiros. Enquanto o molho vai sendo refogado, Helena começa a misturar os ovos com um garfo e aos poucos vai envolvendo a farinha na massa. Ela coloca uma pitada de sal nessa mistura e segue no trabalho de unir farinha e ovos até obter uma massa homogênea. Pega os pedaços de moranga cozida e amassada e coloca nelas um pouco de farinha de pão, queijo parmesão, noz-moscada e pimenta-preta. Depois corta a massa e a estica com um rolo de madeira. Ela vai dispondo a mistura sobre a massa, em pequenos montinhos. Então cobre tudo, corta em quadrados e fecha com a ajuda de um garfo para que não abram dentro da água durante o cozimento.

Para a sobremesa ela junta uma colher de chá de pimenta-do-reino, uma noz-moscada inteira, dois paus de canela médios, uma colher de coentro e mói tudo em um pilão. Tâmaras, figos secos, amêndoas e amendoins são picados e misturados dentro de uma vasilha de vidro. Ela mistura um maço de *Cannabis sativa* amassada com cuidado no pilão. Junta a tudo isso uma xícara de açúcar dissolvido em manteiga. Mistura todos os ingredientes e com a pasta densa faz pequenos bolinhos e os dispõe em um prato de faiança com pequenas flores em fundo branco. É a receita de Alice B. Toklas que ela descobriu essa semana entre os livros de Chloé.

O vapor da comida no fogão transforma a cozinha em uma tela de Hammershøi. Helena tenta lembrar há quanto tempo perdeu o paladar. Provar a belíssima comida que ela prepara no fogão da cozinha vintage não lhe interessa hoje, como não faz sentido desde há muito tempo. Contudo, cozinhando, ela poderá demonstrar sua amizade para com Chloé, ainda mais agora que ela sabe da existência de suas armas.

## Sol

Raios de sol atingem o rosto de Helena. Ela acorda e por alguns segundos não sabe onde está e o que aconteceu. Suas costas doem, seu corpo inteiro dói. As mãos estão secas e sujas de sangue e terra. Ela não tem como ver o próprio rosto, mas sente os cabelos pegajosos e no fundo do corpo um vazio infinito. A última coisa que comeu foi uma maçã da árvore que ficava no quintal da casa da mulher sem nome.

Ela caminha no asfalto sob o sol matinal. Pela posição do astro, quatro dedos acima da linha do horizonte, deve ser muito cedo. Na estrada passam veículos de todo tipo. Os caminhões passam buzinando. Da janela de um ônibus, um homem faz sinal e grita algo incompreensível. Ela segue nos seus passos lentos, o mal-estar físico e mental é imenso. O sol bate no seu rosto queimando a pele. Ao perceber que um caminhão para no acostamento, no exato lugar onde ela vem andando, Helena se joga para dentro da mata a fim de se esconder e, se embrenhando nos arbustos, se encolhe por um tempo. Depois, ouvindo o barulho do veículo se afastar, ela sai da mata e corre o máximo que pode, buscando sair do asfalto.

Entrando numa estrada vicinal, ela encontra uma figueira carregada de figos e decide comer um. O figo fica na sua boca por todo o caminho, como se fosse uma tarefa a ser cumprida até que ela o cospe, incapaz de engoli-lo. Ela caminhará por horas, se escondendo e parando para descansar a cada vez que ouvir o barulho de um carro ou vir uma pessoa ao longe. Acostumada ao próprio cheiro, parece que ele desapareceu. Os sapatos estão cada vez mais pesados, e ela os arrasta rumo ao lugar nenhum aonde acredita estar indo. Ela não sabe para onde ir, sabe apenas que deve seguir. Sentada numa pedra embaixo de uma árvore, Helena tira os sapatos para ver as bolhas nos pés, que sangram. Ela não tem outras meias, então rasga uma camiseta e forra o calçado tentando proteger os pés. Ela pega o livro de orações da mãe e lê tudo. No fundo do livro, encontra dois endereços. Ela não entende a que se referem. Então, pensa que ir até eles possa fazer sentido.

Helena caminha em frente até chegar a um vilarejo onde há poucas casas e uma pequena igreja diante de uma praça. Ela não sabe o nome do lugar, mas uma placa aponta para a Capela de Nossa Senhora do Caravaggio, cuja torre consegue ver ao longe. Ela não conhece nada por ali. Jamais viajou com seus pais ou com qualquer outra pessoa. Ela acaba de perder a confiança que as crianças costumam ter na vida e nas outras pessoas. Olhando para as casas enfileiradas ao longo da rua, ela sente que o mundo chegou cedo demais e ela gostaria de sair dele, mas, não sendo possível, sabe que seguir em frente pode ampliar a sua chance de encontrar um caminho, por mais assustador e impossível que isso pareça agora.

Ela se aproxima de uma casa em cuja porta há um par de botas sujos de terra. Não há barulho dentro da casa.

Ela hesita em bater. Talvez as pessoas ainda não tenham acordado e não compreendam uma menina chegando a essa hora. Um galo canta longe. Helena decide caminhar até a praça, sentar sob uma árvore e esperar. As suas costas doem como se as escápulas cortassem a sua carne. Ela busca uma posição para sossegar a dor. Enfraquecida e, apesar da fome e do frio, Helena acaba adormecendo.

## Menina com quadro dentro da mochila

Chloé está concentrada na solução de uma equação da prova de matemática. O professor chega ao seu ouvido e pergunta se ela gostaria de tomar um sorvete com ele à tarde. Sem pensar no que faz, ela assente com a cabeça enquanto tranca a respiração, evitando sentir o hálito apodrecido do homem de meia-idade. O professor diz que a esperará no começo do Jardin des Tuileries, atrás do Louvre, às quinze horas.

Naquele dia ela almoça na casa de uma amiga cujos pais haviam sido deportados para Auschwitz para nunca mais voltarem. A menina com idade similar à de Chloé fora escondida por amigos de seus pais, um casal de escritores árabes que viviam entre a Arábia Saudita e a França. Depois da guerra, a colega de Chloé voltou a viver no apartamento, antes habitado por ela e seus pais, em cuja sala um piano imenso contracenava com paredes mofadas e um ou outro móvel pesado e difícil de retirar dali. No ambiente, a memória de um tempo em que nem tudo era morte flutuava no ar pesado do verão parisiense, ao lado das marcas do saque nas manchas quadradas das paredes onde deveriam estar os quadros. A jovem herdeira do palacete saqueado durante a guerra reunia amigos músicos para tocar com ela em sessões de jazz que começavam na sexta-feira depois do almoço e se estendiam até a madrugada.

Nesse dia, Chloé sentou-se ao lado de uma garota russa que começava a falar francês e trocava algumas palavras com ela, quando a pianista e dona da casa entrou pela porta da sala vestindo o uniforme da escola e beijou a garota russa na boca, espantando Chloé. Naquele instante, ela percebeu que podia estar um pouco atrasada, uma vez que nunca beijara ninguém na boca e já tinha quinze anos. Antes de se posicionar diante do piano, a colega e dona do apartamento olhou com firmeza para Chloé e disse que ela não devia ir tomar aquele sorvete, pois podia garantir que não era nada bom. Ela tinha ouvido o professor falando com Chloé. E, como ficava claro, não era a primeira vez que ele convidava uma aluna para tomar sorvete.

No mesmo instante, os músicos começaram a afinar os instrumentos e a garota testou o piano. O saxofonista contou até três e a música começou. Era a primeira vez que Chloé ouvia Thelonious Monk. As mãos agilíssimas da pianista hipnotizaram Chloé. Algo se acendeu dentro dela. A sensação era um misto de dever e curiosidade, de compromisso e liberdade. Chloé ficou confusa. Não era bom mostrar que tinha medo do professor. Talvez o melhor fosse agir com toda a naturalidade possível para evitar ser perseguida depois, ganhando notas baixas. Ela deixou o apartamento, mas a música durou um bom tempo no seu corpo, como se ele fosse uma caixa de reverberação. Como se houvesse fios transmissores de energia elétrica em todo o seu corpo, impulsionando-a a correr, Chloé seguiu rumo ao seu compromisso, caminhou na margem do Sena tendo o piano de Monk ao ouvido.

Ao passar diante da porta do Louvre, ela teve vontade de entrar e assim o fez. Imaginava que poderia atravessar o museu e sair do outro lado. Deixando-se levar pelo labirinto ao seu redor e dispensando qualquer fio de Ariadne, ela seguiu animada. Passando sem muito se importar por Rembrandts, Velázquez, Van Goghs, Van Eycks, De La Tours, Ingres, Delacroix e até a Monalisa, que permanecia intacta e pouco interessante, Chloé vagava pelas salas, solitária e dançante. Ela estava acostumada com o ambiente devido aos longos passeios que fazia com a mãe desde pequena, mas nunca havia entrado no museu sozinha. Nesse dia, questionando-se acerca do encontro com o professor, perdida no seu passeio musical imaginário, no momento em que pensava no beijo ousado das duas meninas, Chloé acabou parando diante de uma pequena pintura, talvez a menor se comparada a outras espalhadas pelo museu, uma pintura que media cerca de vinte centímetros quadrados.

Foi a imagem de uma mulher concentrada na tarefa de rendar que prendeu a atenção de Chloé. Depois de um tempo hipnotizada pelo fio de linha entre os dedos da trabalhadora dedicada ao seu gesto eterno, e lembrando da amiga que minutos antes tocava Thelonious Monk e avisava que ela não deveria ir ao encontro com o professor, Chloé decidiu que devia ficar por ali mesmo. Nesse momento, se perguntando sobre o desenho feito pela bordadeira que permanece oculto a quem olha para ela,

ela se viu apaixonada pela obra de arte e pensou que nunca mais poderia viver sem ela.

Diante da pintura a pensar na vida, Chloé imaginou que pudesse arranjar um emprego no museu assim que tivesse idade para isso. Assim ela poderia ir todos os dias ver essa mulher e descobrir o que ela, afinal, bordava. Ela poderia se tornar vigia e passar o dia transitando entre as pinturas e, se cansando de caminhar, sentar-se no canto de uma das salas e contemplar a renderia em sua função infinita. Era um trabalho digno e poderia viver disso, embora sua mãe tivesse planos mais ambiciosos para ela e, sobretudo, nutrisse o projeto bizarro de casá-la com um primo rico, dono de uma fazenda de gado no Brasil. Sua mãe trocava ideias com Alice B. Toklas que, certamente, achava todo aquele assunto muito chato. Sempre que Alice falava com Chloé, era para perguntar onde ela iria viver no futuro, ao que ela respondia não saber, e então sugeria que fosse viver bem longe dali. Chloé precisava se esquivar desses angustiantes planos maternos, sem criar confrontos que, em geral, não levavam a bons resultados quando se tratava de sua mãe, que sempre encontrava um jeito de repreendê-la e controlar seus passos. Enquanto pensava no que fazer, e lembrando do professor que a essa altura já deveria ter abandonado o banco no qual esteve sentado, fumando seu cachimbo e piorando seu hálito, ela colocou o quadro dentro da mochila, pouco preocupada com os guardas que não apareceram durante o seu passeio, mas apreensiva com o horário, pois já era tarde e o dia estava indo embora.

Em casa, a mãe a esperava angustiada. Ao vê-la entrar, disse frases horríveis sobre os perigos do mundo, depois caiu aos prantos no canapé da sala pedindo desculpas. Chloé correu para seu quarto e escondeu a imagem atrás do guarda-roupa, onde ela permanece até hoje.

## Copo

Helena acorda no banco de trás de um caminhão, enrolada em um cobertor. Na direção, uma mulher com longos cabelos sob um chapéu de vaqueiro cantarola ao som de uma música tocando na estação de rádio. A música é de Aretha Franklin, ela ouve o radialista dizer. Ela não entende a letra e não entende o que se passa, como veio parar no caminhão, por que está enrolada em um cobertor. Helena tenta dizer algo para a mulher ao volante, mas é impossível emitir qualquer palavra. A mulher estaciona o caminhão diante de um mercado, desses que vendem de tudo na beira das estradas. Ela puxa o freio de mão, desliga o rádio, tira os óculos de sol e se vira para trás. Ao ver Helena acordada, ela arregala os olhos sinalizando sua perplexidade. Pensei que você fosse a Bela Adormecida, diz a mulher com uma voz firme. Eu vou pegar algo para a gente comer. Depois você toma um banho e a gente procura seus pais. Ela diz tudo isso com tal grau de segurança que Helena pensou que tivesse acordado do seu pesadelo.

O susto obriga Helena a ficar alerta. Sozinha dentro do caminhão, ela hesita entre o desejo de permanecer no conforto ou sair correndo. Ela não sabia que mulheres podiam dirigir caminhões e não pode imaginar aonde essa mulher a pode estar levando. Um cartaz mal pintado na frente do mercado diz "Armazém Rio de Janeiro". Ela imagina que está no Rio de Janeiro, cidade onde seu pai contava ter servido ao exército quando era jovem, muitos anos antes de se mudar para o sul, onde casou com sua mãe.

A mulher de óculos de sol e chapéu de vaqueiro volta com uma sacola de plástico da qual retira um copo também de plástico e uma garrafa de água. Ela enche o copo devagar, contendo a curiosidade sobre Helena. Intercala o olhar entre o rosto de Helena, que não olha para ela, e o líquido cujo desperdício ela quer evitar. Tenta amenizar o silêncio ao entregar o copo cheio de água a Helena e, sem motivo nenhum, perguntar se ela sonhou. Helena sinaliza com a cabeça que não e, sem energia, toma o copo em suas mãos. Então essa mulher, que carrega os óculos escuros erguidos na testa segurando a cabeleira, cujo nome Helena ainda não sabe, conta que ela dormiu mais de quinze horas. Ela fala que embora a venda se chame Rio de Janeiro, ainda não chegaram lá, que farão uma breve passagem por São Paulo para pegar uma mercadoria, que ela esteve dirigindo por todo esse tempo sem dormir e que precisa parar para descansar um pouco.

Helena leva o copo à boca e tenta emitir uma palavra, mas não há voz em sua garganta. Tendo visto ao longo de sua vida de caminhoneira uma infinidade de sofrimentos e problemas, a mulher resolve ser prática enquanto observa Helena com o copo entre as mãos. Ela se apresenta dizendo que seu nome é Valéria, que nasceu no sertão, que não teve pai, que a mãe mora na mesma casa onde sempre viveu em Canudos e que se Helena quiser pode ir com ela até lá para visitá-la. Helena nada diz e nada faz. Valéria, então, conta que sempre que pode volta para a casa da mãe, que é muito bom poder abraçá-la e lhe dar presentes. E que gosta de ir até lá e comer a comida baiana que só a mãe sabe preparar. Seu objetivo ao falar sobre isso é provocar confiança em Helena para que se sinta bem e possa falar.

Helena leva o copo aos lábios. É evidente que está em estado de choque, é o que Valéria pensa sem poder imaginar o que aconteceu com a menina, embora o sangue possa ser sinal de estupro, o que não seria de admirar. Helena tem o copo entre as mãos sujas e o leva à boca sorvendo a água como um animal sedento faria. Se ela foi expulsa de casa ou fugiu, se foi espancada, além de estuprada, se está sendo procurada pelos pais e pela polícia, é o que pergunta Valéria a si mesma enquanto lembra de histórias vividas na estrada. Pensando no que possa ter havido, pensando no inventário da violência comum que meninas e mulheres continuam a sofrer por todo lado, ela pensa que é preciso proteger a garota, já que o mundo é dos homens e que, se ela sobreviveu até ali, não deve ter sido com a ajuda deles.

A estrada é palco de histórias, pensa Valéria. As mais diversas formas de vileza, crueldade, misoginia, miséria e violência desfilaram diante de seus olhos. Não é a primeira vez que ela tenta ajudar uma mulher. Na estrada, proliferam as matanças, o sequestro e o tráfico de corpos e de órgãos que Valéria sabe bem como funciona. Onde há dor deveria haver misericórdia e generosidade, mas nem sempre. A estrada ainda é um mundo masculino e, portanto, violento. Ela pensa em tudo isso enquanto observa uma menina assustada e suja de sangue, até que essa mesma menina assustada e suja de sangue lhe devolve o olhar e o copo em que bebeu com uma sede sôfrega e Valéria percebe algo bastante curioso, que o copo cuja água a menina bebeu permanece cheio.

## Homem diante da lousa

A primeira aula do dia é de matemática. Chloé não conseguiu convencer a mãe de sua dor de cabeça e é obrigada a ir para a escola. Ela não gosta da escola como um todo, considera uma perda de tempo assistir a tantas aulas tão maçantes, pois a única coisa que gosta de fazer é ler livros e isso ela pode fazer sozinha, como faz em casa, todos os dias, apesar da escola. As aulas de matemática são uma chateação e agora ela terá um problema extra que é se justificar diante do professor, deixado plantado no Jardin des Tuileries no dia anterior. Ela se pergunta por que teria pensado que era sua obrigação encontrá-lo e se a falta cometida não seria efeito de um senso de liberdade maior que ninguém poderia imaginar numa menina de quinze anos. Passear a esmo pelo museu, cantarolar e aproveitar o dia eram atividades tão mais convidativas que ela se deixou levar, mas agora chega o preço a pagar. Ela não saberá o que dizer quando ele vier cobrá-la por tê-lo deixado esperando. Então pensa em dizer a verdade, mesmo não sabendo o que pode ser a verdade nesse caso, pois não teve a oportunidade de perguntar ao professor o que ele queria tratar com ela à tarde, o que ela poderia ter perguntado caso tivesse comparecido ao encontro, ao qual acabou faltando porque, no meio do caminho, decidiu fazer outra coisa.

Não é um discurso fácil de organizar diante da dúvida acerca do dever de aceitar o convite, considerando que um convite não precisa ser aceito, mas que, depois de aceito, deve ser levado a sério e, sobretudo, tendo em vista que foi feito por um professor. Vai ser difícil recompor a verdade completa dos acontecimentos porque se desconhecem as razões pelas quais o professor a chamou para tomar sorvete, assim como se ignoram as razões pelas quais ela entrou no Louvre e ela se indaga se uma parte da verdade seria considerada suficiente para os fins a que se destina. E se perguntando sobre isso, Chloé se dá conta de que não sabe por que as coisas estão se desenvolvendo dessa maneira e não de outra.

O professor chega enquanto ela se envolve com seus problemas linguísticos, ele diz bom dia a todos e passa a colocar a lição de trigonometria na lousa. Ela copia a lição, lastimando não saber desenhar para encher a folha do caderno com imagens mais interessantes do que números, embora números sejam coisas interessantes que o professor consegue tornar insuportáveis. Ele explica a lição e convida um dos alunos a resolver uma das equações diante da turma. Ele elogia o menino que resolveu o problema proposto e pergunta se alguma menina gostaria de fazer o mesmo, dizendo que o ponto alto da aula de hoje é provar que as mulheres têm mais dificuldade com matemática, que elas não foram feitas para isso, mas sim para cuidar da casa e dos filhos quando têm sorte de terem um homem que as queira.

O professor fala e não dá nenhum sinal de que possa estar brincando. As estudantes ficam em silêncio, umas, em choque, outras, amedrontadas com o desafio. Até que a garota russa, que chegou nesse dia à escola, levanta a mão. O professor pergunta quem ela é. Ela diz seu nome com um carregado sotaque russo, enquanto ele solta um suspiro debochado chamando-a para a frente da sala e entregando-lhe um pedaço de giz. Ele diz saber que ela não será capaz, mas que pode e deve tentar, pois todos precisam saber a verdade a partir de evidências. A menina russa não está entendendo muito bem, ela não sabe se é falta de cultura sobre o humor francês, mas ao perceber que as outras meninas da sala estão apreensivas, ela percebe que há algo estranho no ar e que há algo além do que seu mero gosto pela matemática pode resolver.

O professor coloca a equação na lousa, muito mais complicada do que aquela oferecida ao garoto a quem o professor tratou há pouco como um gênio. Enquanto a menina olha concentrada para a lousa, o professor sorri debochado dizendo que a prova de sua teoria está sendo apresentada *in vitro*. Chloé pensa que o professor, além de mau hálito, tem prazer na humilhação que comete diante de todos. A turma se movimenta inquieta, a colega pianista resolve deitar a cabeça sobre a pequena mesa na qual se senta ao fundo e dormir, não sem antes olhar para Chloé com a mais plena cara de enfado. A garota russa, que não entende o que ele diz, pois ainda não conhece bem a língua, depois de um tempo de observação, coloca o resultado da equação na lousa de uma vez só.

Chloé sente uma profunda alegria e começa a aplaudi-la, sendo seguida por todas as colegas da turma. Envergonhado, o professor manda que ela volte ao seu lugar, dizendo que ela é mais velha do que os outros e que deve passar na secretaria para rever a sala em que deve ficar, já que é nova na escola. Soa o sinal para o intervalo e o professor diz para Chloé permanecer na sala.

Quando todos saem, ele pergunta o que aconteceu na tarde anterior. Ela diz que sua mãe não permitiu que saísse de casa para encontrá-lo. Ele diz que ela não precisa contar à mãe tudo o que faz. Chloé percebe que está numa situação difícil e fica em silêncio tentando segurar a respiração. Ele pergunta se pode esperá-la de novo à tarde, no mesmo horário e local. E finaliza dizendo que ela não vai se arrepender. Com medo do que ele possa fazer para que se arrependa, mas imaginando que encontrará uma saída para o problema que acaba de reviver, ela responde afirmativamente mais uma vez, sabendo que passará o dia num profundo sofrimento psíquico.

## Beijo

Valéria toma nas mãos o copo, fingindo não ver que ainda está cheio de água. Pergunta se Helena está satisfeita e se ela quer comer. Ela faz que sim com a cabeça. Valéria pergunta se ela não quer falar. Helena fica em silêncio como se não pudesse dizer nem sim nem não, até que baixa os olhos assustados e cai numa espécie de torpor. Valéria entende que algo de péssimo aconteceu à menina e que é melhor ir bem devagar com as perguntas.

Jogando a água fora de modo que Helena não perceba seu gesto, Valéria diz que precisa parar para dormir, então dirige o caminhão até uma casa não muito longe. Ela pega a sacola que estava ao seu lado e convida Helena para ir junto. Helena se move devagar, esforçando-se para caminhar enrolada no cobertor com sua pequena mochila nas costas. Valéria é grande e forte e Helena sente certo medo dela, e só a segue porque não tem alternativa.

Olivia abre a porta com uma gargalhada animada. As duas se abraçam e se beijam alegres com o reencontro. É a primeira vez que Helena vê um beijo na boca entre duas mulheres. Na televisão ela viu homens beijando mulheres e achou algo nauseante. Esse beijo também causa náuseas. Olivia usa um vestido vermelho de um tecido fino quase transparente. Por baixo do tecido é possível ver traços de sua roupa íntima e as curvas do seu corpo grande e forte. Ela tem os cabelos pretos amarrados em várias tranças no topo da cabeça, um colar de contas azuis e muitas pulseiras nos braços. Fixa os olhos cor de azeitona, carregados de curiosidade e tinta preta, sobre Helena, que continua imóvel alguns passos atrás de Valéria. Helena gostaria de desaparecer enquanto Valéria explica a Olivia que encontrou a menina dormindo na pracinha da Lagoa Vermelha.

Mais curiosa do que perplexa, Olivia convida Helena para entrar, chamando-a com um gesto de mão que se faz a uma criança pequena, embora ela já seja uma moça que menstrua, ela mesma pensa. Olivia pergunta o seu nome sem obter resposta. Ela percebe que há algo errado e olha para Valéria, que lhe retribui a estranheza com gestos do tipo "falaremos sobre isso depois".

Olivia oferece uma toalha a Helena, dizendo que ela está com sorte porque comprou toalhas novas e macias, e sabonetes com perfume de rosas de uma vizinha que produz cosméticos naturais. Ela mostra a Helena o xampu que está usando no banheiro, avisando que é muito bom para cabelos longos e que é feito sem veneno nenhum. Helena não entende muita coisa do que ela diz, mas recobra certa lucidez ao entender que poderá tomar um banho. Helena pega os objetos que lhe foram dados e se dirige para o banheiro devagar com medo de errar o caminho.

Valéria e Olivia são grandes amigas, confidentes e também amantes. Quando chega em Registro, Valéria não precisa de um hotel de beira de estrada ou correr riscos dormindo dentro do caminhão, basta telefonar para Olivia e, se o marido não estiver em casa, dormir com ela. Olivia é casada com o mesmo caminhoneiro ciumento desde sua juventude, quando ficou grávida de um menino que hoje estuda medicina em São Paulo. Valéria só para em sua casa quando sabe que o marido não está. Olivia acabou se acomodando em um casamento sem muito sentido, e tendo outro filho que vive em São Paulo com o irmão, depois que foi expulso de casa pelo pai por ser homossexual, ela tenta proteger os filhos, mas não tem como ir embora. Sempre viveu na sua cidade, sempre gostou de uma vida simples, com poucos gastos e uma grande horta cultivada sem agrotóxicos, cujos produtos ela vende para as feiras agroecológicas da região.

Olivia mostra suas unhas sempre meio sujas de terra para Valéria, que diz que ela está linda. Comentando que não se veem há quase seis meses, talvez mais, Olivia vai atualizando a amiga sobre a vida. Valéria diz que às vezes é melhor não ter novidades, que o melhor da vida é tudo continuar como está. Então Olivia se surpreende com aquelas palavras e comenta que a menina é uma novidade gigante, mais impressionante do que estar grávida, do que casar ou mudar de cidade. Ela responde que é mais fácil extraterrestres chegarem ao planeta do que se relacionar com um homem e ficar grávida. Olivia ri. Valéria conta que encontrou a menina dormindo ao pé de uma árvore e que ela não fala. Olivia se dá conta de que esqueceu de dar uma roupa limpa à menina antes que ela entrasse no banheiro. Valéria a tranquiliza sugerindo que depois pode resolver isso. Olivia pergunta se ela percebeu que, embora esteja suja demais, a menina não tem cheiro de nada. Depois esquenta a água e coloca o café dentro do coador de pano, prestando atenção no que Valéria vai dizer sobre isso.

Valéria conta sobre a água que continuou no copo depois que a menina bebeu. Olivia fica perplexa e tenta convencê-la de que ela se enganou. Apesar da estranheza da situação, Valéria pede que Olivia fique com ela por um tempo. Olivia não tem como dizer não, e pergunta se Valéria viu o que a menina tem nas costas.

## Mulher com hematoma no rosto

Chloé caminha até a cozinha para ver o que Helena colocou no fogo. Não há sinais de Helena, mas a comida está pronta. A janela acima da pia está aberta e o frio entra por ela. Chloé olha para fora antes de fechá-la e vê Helena parada na rua, andando de um lado para o outro.

Chloé se pergunta como Helena pode ter saído sem fazer barulho, sendo que é impossível abrir a porta sem que ela venha a ranger. Ela olha ao redor, impressionada com a organização da cozinha. Para diante da porta da geladeira, que acaba de abrir, se perguntando o que queria encontrar ali. Ela se questiona sobre o que poderia fazer para melhorar a memória, já que não consegue lembrar quando Helena saiu, tampouco o que iria pegar na geladeira. Ela lembra das armas dentro da mochila e da cara de desgosto de Helena diante da sua invasão. E sente vergonha, além de uma pontinha de medo.

Chloé pega o telefone celular que tem no bolso do velho casaco vermelho tricotado por sua mãe, um casaco que ela usa há décadas, com a intenção de tirar uma fotografia de Helena na rua, mas ao tentar acionar o botão do aparelho a bateria acaba. Ela pondera que é preciso colocar para carregar o velho aparelho que pertencia a Catarina. O fio do carregador está na cabeceira de sua cama e deve estar estragado, pois o celular ficou carregando por horas durante a noite até que ela o colocasse no bolso.

Ela se entristece ao pensar que não teve sucesso com a fotografia. Então lembra da máquina fotográfica que não usa há tempos e que é uma pena tê-la abandonado.

A porta se abre com o seu rangido habitual. É Catarina, que chega deixando os sapatos do lado de fora e chamando pela avó. Ela corre direto para o banheiro, tira a roupa branca de médica e vai para debaixo do chuveiro. Enrolada em uma toalha, vai até o armário de onde tira uma blusa azul-clara e uma calça de pijama xadrez que parecem pequenos e rotos depois de tantos anos de uso. Chloé a observa em pé na porta enquanto ela seca os cabelos.

De costas para a avó com o secador ligado, Catarina explica que não era possível tomar banho no hospital, pois a água estava racionada na ala à qual ela fora deslocada às pressas devido a um surto de gripe. Ela explica também que desinfetou o banheiro e que a roupa da rua está dentro de um saco que levará para o hospital. Depois avisa que a validade da vacina que a avó tomou deve estar chegando ao fim e que ela deve se vacinar de novo em breve. Chloé se pergunta em silêncio se terá forças para chegar ao próximo inverno enquanto escuta a neta gritar por causa do barulho do secador de cabelos. As doenças causadas pelo vírus proliferam, sobretudo entre os mais vulneráveis, Catarina explica. Você é vulnerável, ela diz para a avó. Chloé comenta que vulnerável é quem não tem o que comer ou onde morar.

Catarina sabe que está tentando disfarçar o que acaba de acontecer. Então ela se aproxima de Chloé e a abraça. As duas ficam abraçadas em silêncio por um bom tempo.

É como se a memória de Eva habitasse os corpos unidos dessas duas mulheres, até que a porta da sala range e Catarina se assusta. Primeiro ela abraça a avó com força para depois pegá-la pela mão, indo até a porta do quarto, apavorada com quem possa estar entrando no apartamento.

Chloé pede a Catarina que fique tranquila e explica ser apenas Helena. Por um momento, Catarina esqueceu por completo da inquilina na casa da avó. Sussurrando, ela avisa que vai dormir com a avó e pergunta se ela se importa que fique de pijama durante o jantar. Chloé diz que não há problema, embora não tenha essa intimidade com Helena.

Agora que Catarina desligou o secador e cessou seus movimentos de reorganizar o quarto, as duas podem ouvir os barulhos que vêm da cozinha. É nesse instante que elas olham nos olhos uma da outra. Então Chloé pode se concentrar no rosto de Catarina. Ela consegue ver o sinal roxo que começa no olho e se estende até a bochecha, e se espanta a tal ponto que solta um grito. Catarina pede silêncio com o dedo sobre a boca e, fechando a porta do quarto, senta na cama e começa a chorar.

## Banho

Helena conta os azulejos do banheiro. Cada um dos quadrados tem um triângulo verde sobre um círculo amarelo em um fundo branco e medem vinte centímetros por vinte centímetros. Helena se perde ao contar os quadrados, os triângulos e os círculos. Ela liga o chuveiro, de onde escorre uma água sem muita força, mas suficiente para que possa se lavar. Há um espelho na parede, para o qual Helena tem medo de olhar. Intuindo que o melhor jeito de avançar é se concentrar no que está fora dela, ela enfrenta a sua própria imagem. Ao olhar para si mesma, percebe seus olhos fora de foco, como se mirassem de lado. Ela nunca havia notado isso. Como nunca havia se visto em um espelho tão grande, imagina que seja um efeito especial. É o seu corpo o que ela vê, mas ele não parece inteiro.

A dor percorre o corpo como se as partes estivessem unidas por um fio mal costurado. A água quente escorre sobre a pele machucada deixando perceber novos pontos de apoio para a realidade que ela busca entender. O sabão cheiroso estabelece um elo entre mãos e pele como se esse órgão encontrasse com a mistura molhada e suave a unidade perdida. As lágrimas escorrem com a água do banho. Helena lava os cabelos abundantes com atenção, como se eles fossem um objeto exterior e não parte de seu corpo.

Do seu corpo, da parte que ela sabe se chamar vagina, escorre sangue, o sinal vermelho de que já não é uma menina. Ela se agacha, depois se senta, e então se deita enrolando-se em si mesma, como tem feito há tempos para dormir. Deseja se desmanchar na água que escorre agora sobre o seu corpo. Na altura dos ombros, facas atravessam a pele de dentro para fora numa dor quase insuportável. Ela nota que a cifose que começou nos últimos tempos está mais intensa do que antes. Depois de alguns minutos, a água para de escorrer. Sobra o barulho de uma gota caindo do chuveiro como uma palavra ecoando no oco vaporoso desse pequeno útero de concreto onde ela se banha.

Helena conta as gotas até que decide se levantar, secar o corpo e voltar ao convívio das mulheres lá fora. Enquanto tenta desembaraçar os cabelos com os dedos, ela sente o medo voltar. As imagens dos últimos dias provocam uma confusão entre o que foi e o que poderia ter sido e não dão descanso à sua mente.

## Copo de água com cacos de vidro ao redor


Catarina acorda cedo todos os dias, pelo menos naqueles em que está em casa, sempre antes das cinco da manhã. Ela se veste com a rapidez possível para um corpo em dívida com o descanso necessário. Ela se concentra em lembrar do desodorante, do relógio e do telefone celular enquanto sente a cabeça pesar e evita lembrar que deverá passar doze horas dentro do hospital com uma folga de oito horas e dois plantões de vinte e quatro horas durante a semana. Dormir pouco e trabalhar muito é a contradição que organiza a sua vida deixando-a longe de perguntar sobre o sentido disso. Uma mala com roupas e artigos de higiene fica no hospital onde médicos e enfermeiros se revezam em leitos improvisados. Catarina é apegada a suas coisas e não gosta de viver a maior parte do tempo com as roupas descartáveis do hospital. Em períodos de contaminação intensa, as medidas de higienização são essenciais e ela é deslocada do seu posto habitual na radiografia para o setor de contaminação. Um aparelho de telefone celular e o crachá de funcionária do gigantesco hospital Salpêtrière estão sempre conectados ao seu corpo. O celular mede passos, batidas cardíacas e a temperatura do seu corpo, que ela checa todos os dias no final da manhã, pois não pode ficar doente tendo em vista uma carga de trabalho tão pesada. Há poucos médicos saudáveis desde que doenças novas começaram a surgir e, por algum motivo desconhecido, quase a metade da cidade está doente, assim como a maioria dos médicos, mas Catarina não adoece nunca.

Em casa, ela nunca acende as lâmpadas pela manhã para não atrapalhar o marido, que costuma dormir até tarde. Desde que perdeu o emprego, ele passa as madrugadas acordado e as manhãs dormindo, em geral, no sofá da sala diante da televisão ligada. Seu sono se tornou muito sensível e ele começou a se irritar além do normal ao ser acordado. Catarina não tem tempo de conversar com ele sobre essa irritação. Quando pedia que fosse para a cama, ele não lhe dava atenção, até que um dia ele jogou o controle remoto na sua direção, quebrando-o em muitos pedaços para logo depois culpá-la por ter destruído o aparelho, como se ela fosse responsável pela ação dele. Naquele dia ela não dormiu e logo depois entrou em um plantão, o que a deixou esgotada. Sem se deixar sucumbir, Catarina segue, sabendo que tem coisas mais urgentes com que se preocupar, mas, ao contrário do que pensa a avó, há uma dúvida de fundo quanto ao destino que a une a esse homem com quem ela já não tem nenhuma intimidade.

Ela prefere não criar condições para que tudo fique pior, de modo que, estando em casa pela manhã, evita a cozinha e sai sem banho e sem tomar café. Quando ela sai de casa com o barulho da porta fechando, é inevitável que ele escreva a ela dizendo que se sente desrespeitado em suas necessidades. Que a vida dele foi transformada num inferno por ela. Para evitar barulhos que o irritam, ela se acostumou a tomar café e banho no hospital.

Por ter perdido o seu cantil no dia anterior, Catarina decidiu deixar um copo de água cheio sobre a pia da cozinha, próxima à porta, de modo que pode bebê-lo de manhã evitando ligar a torneira e assim fazer barulho, o que incomodaria o marido. Catarina pensa em tudo, acredita na organização como um princípio de segurança, coisa que aprendeu na faculdade de medicina quando, ainda estudante, foi convocada para trabalhar no hospital já nas primeiras semanas devido à absoluta necessidade de médicos e assistentes durante uma epidemia.

O marido tem colocado nela a culpa por seu estado depressivo dizendo que, se ela ficasse um pouco mais em casa, ele se sentiria melhor. Ela se cansa de explicar que precisa trabalhar, que muita gente depende dela. Catarina receitou um Rivotril há alguns dias com muita delicadeza, tudo para não ofender esse homem descontente com a vida e que nunca encontrou uma atividade que lhe desse prazer ou, pelo menos, a sensação de alguma utilidade. Ela evitou dizer que ele também depende dela e que deveria ser mais compreensivo e menos ingrato. Falar na questão financeira deve ser evitado para não magoá-lo, pois ele vem se sentindo ofendido com tudo. Alguns meses antes, irritada, Catarina disse que não voltaria mais para casa e que ele deveria arranjar um emprego para se manter, mas ele começou a chorar e ela se compadeceu, os dois dormiram abraçados e tudo ficou bem, mesmo sem sexo, algo que não fazem há anos. Ele sempre foi temperamental e ciumento, mas agora Catarina acredita que ele está precisando de um psiquiatra, e que não importa o que ela disser, qualquer frase pode ser interpretada como uma afronta e ele pode desabar.

Catarina tem a mochila nas costas e está pronta para sair quando é despertada por sua sede e lembra do copo de água sobre a pia. Ela também sente fome, mas isso pode ficar para depois. No seu movimento de retorno apressado, ela derruba o copo de água que se espatifa no chão. Lastimando o problema que pode ter criado, ou que pode vir a criar se não recolher os cacos de vidro que podem ferir o marido ao acordar desavisado, ela acende a luz para limpar o chão.

Recolhidos os cacos, Catarina pensa que esse é um mau começo para um dia cheio. Ela respira fundo e se enche de paciência, pega a mochila e a máscara que havia colocado sobre a pia e sai. Deveria desinfetar a pia, mas vai deixar essa parte para o marido, avisando-o do problema por mensagem de texto durante o dia. Ela abre a porta com cuidado depois de apagar a luz e percebe que está agindo de modo irracional, o que se deve ao pouco tempo que teve para dormir e recuperar as forças mentais e físicas.

Nesse momento, Catarina cai de bruços no corredor, mesmo sem ter tropeçado. Percebe que recebeu um empurrão só quando o marido pula sobre ela com todo seu peso. Ela grita assustada. Ele dá dois socos em suas costas sobre a mochila sem dizer nenhuma palavra. Catarina se encolhe e coloca as mãos na cabeça para se proteger. Ele recua, entra no apartamento e bate a porta com força.

Catarina se ergue do chão, seu instinto de sobrevivência lhe impede de duvidar sobre o que fazer. Ela se mexe para ver se está inteira e toca na cabeça para ver se há sangue enquanto desce pelas escadas o mais rápido que pode, embora seu coração esteja saindo pela boca, na qual o gosto de sangue e a dor fazem pensar que ela quebrou um dente. Passando a língua pelos dentes, ela verifica se estão fixos, seguindo pelo Boulevard do Hospital ainda no escuro. Ela sabe que não deve se deixar abater pelo acontecimento se quiser ter forças para seguir. Não sabe se o marido vem atrás dela. Catarina sabe que fugir é essencial para a sobrevivência e, lançando mão de um recurso não tão imaginário, ela imagina um psicopata em seu encalço e corre com as poucas forças que tem. Ao colocar o pé na porta do Salpêtrière, ela desmaia e só acorda na emergência com um cateter de soro no braço. Ela chama a enfermeira e pede que retire o soro, avisando que está atrasada para o trabalho.

A enfermeira pergunta o que aconteceu com seu olho e sua boca. Catarina diz que caiu na rua. A médica-chefe do plantão entra no ambulatório dizendo que ela deve ir à polícia, que não pode esconder o que aconteceu, que é evidente que foi espancada. A enfermeira tira o cateter e a médica sai tão apressada quanto estava ao entrar, reafirmando que Catarina tem que ir à polícia. Ela responde que não pode perder tempo, que há muitas pessoas em estado pior que o dela, que está atrasada e que é preciso retomar o trabalho na ala dos contaminados onde é a responsável pelo plantão. A enfermeira diz que o ferimento precisa de cuidados e de gelo, pois é inevitável que piore. Essa mulher tem a aparência tão cansada quanto a de Catarina e, como a médica que chegou correndo e saiu correndo, diz a ela que deve ir à polícia e fazer repouso. Contudo Catarina tomará comprimidos para a dor e seguirá trabalhando até o fim do plantão, antes de ir para a casa da avó, onde poderá descansar de verdade.

## Sujeira

Helena sai do banho e põe a mesma roupa suja. Ela não pensou em pedir algo limpo para vestir porque, na verdade, não consegue pensar em nada, sejam coisas abstratas ou concretas, desde o dia em que a mãe foi assassinada pelo pai e a jornada que ela vem vivendo começou. Ela ainda não tem consciência de que se dedica a sobreviver como pode, embora seja disso que se trata, do básico exercício da vida que pode ser maior do que a morte. Saindo do banheiro em direção à cozinha com a roupa suja e seu peso, Helena tem a sensação de estar fora do mundo.

As duas mulheres estão de costas diante da mesa e conversam baixo. No fundo, a porta, ao lado, as janelas entre paredes de madeira. Helena mede com os olhos o teto de tábuas finas em contraste com o chão de madeira grossa. Ela se aproxima sentindo cheiro de bolo e café postos sobre a mesa como se a vida a essa altura ainda admitisse delicadezas.

Sobre a mesa está a mochila aberta e, junto ao bule de café, a Magnum 44 exposta ao lado da Remington Rand. Simulando a despreocupação que de nenhum modo sente ao olhar para Helena, Valéria diz estar curiosa para saber de quem são as armas. Olivia ameniza a tensão dizendo que está curiosa para saber muito mais, mas nada é mais urgente do que fazer Helena se livrar daquelas roupas sujas e pega Helena pela mão levando-a até o quarto, onde escolheu uma legging e uma camiseta e manda Helena se trocar.

De volta à mesa, Helena não consegue falar e também não deseja falar. Sua mente é um misto de vazio, dor e cansaço, amenizado agora pelo banho quente. Depois de um longo silêncio, Valéria pergunta o que uma menina tão bonita faz com armas tão feias. Olivia insiste que ela fale, caso queira ajuda. Helena pensa em sair correndo, mas não vê como fazer isso, na verdade, não tem força ou ânimo para nada. Suas forças estão sendo usadas para se manter em pé e olhar para as duas mulheres que esperam dela alguma expressão. Ela morde os lábios como se buscasse encontrar a língua perdida em algum lugar dentro da boca. Tenta falar, mas nada acontece.

Olivia e Valéria se olham, cientes do problema que têm em comum nesse momento. Valéria se levanta e pergunta se Helena quer ir para o orfanato. Ela move a cabeça negativamente. Olivia serve um pedaço de bolo de chocolate no prato de vidro transparente perguntando se ela gostaria de café com leite. Helena assente com a cabeça. Valéria pergunta de quem são as armas. Ela não sabe o que dizer nem como dizer. Valéria pergunta se ela sabe usar as armas. Helena move a cabeça para dizer que não, mas depois move a cabeça para dizer que sim. Olivia pergunta se ela poderia escrever seu nome num pedaço de papel, pedindo desculpas por não ter outro papel melhor que o papel de pão.

Helena toma o lápis e o papel e escreve letra por letra, desenhando-as como se, nesse gesto, encontrasse uma expressão perdida. No tempo em que desenha as letras, poderia tentar explicar quem ela é e perguntar quais as consequências de ter feito o que fez. Talvez ela devesse contar a essas mulheres, cujos olhos não provocam medo, que seu pai matou sua mãe, que ela foi deixada para trás pela polícia, que os policiais a levariam a um orfanato, mas decidiram atacá-la no meio da estrada e espancá-la, dizendo e fazendo coisas incompreensíveis e dolorosas, enchendo o seu corpo de medo e a sua alma de pavor. Ela poderia contar como aprendeu um dia a matar pássaros, preás e porcos, e como acabou por matar os dois policiais que a levavam para longe porque não via como escapar deles. Ela desenha as letras com a mão esquerda como se estivesse reaprendendo a escrever e medita sobre a necessidade de explicar tudo isso quando, no fundo, não há explicação possível.

Helena abre a mochila e mostra a foto de sua mãe com os irmãos. Mostra também a caixa com os lápis de cor, o caderno de anotações e os endereços no final do livro de orações junto com o rosário de contas e o colar de pérolas, além de todo o dinheiro embalado à vácuo. Um pequeno inventário da vida de uma menina em fuga.

É no papel improvisado por Olivia que Helena escreve o seu nome e o nome da mãe em letras de forma. Ela escreve o nome do homem que era seu pai, o homem que, sendo casado com sua mãe e que ela tratava como pai, não era exatamente seu pai. Depois desenha uma cruz ao lado do nome da mãe e a data da morte. Valéria diz que a data está errada. Helena não entende por quê.

Valéria e Olivia entendem que Helena é filha de uma mulher assassinada. Há tempos os noticiários relatam a carbonização de um carro da polícia onde estavam dois policiais que atenderam o caso de um homem que matou uma mulher. O desaparecimento do corpo da menina de treze anos que estava no carro é um mistério. Segundo relatos de uma vizinha do casal, e que foi a última a ver os policiais vivos, a menina estava sendo levada pelos policiais para um orfanato. O noticiário fala do capitão da polícia militar que teria matado sua mulher em legítima defesa da honra. Três meninos desapareceram com o pai. É lógico que um homem que mata uma mulher para defender sua honra nunca teve honra, comenta Valéria. A honra é uma desculpa habitual para eliminar mulheres, diz Olivia. Me surpreende que o noticiário ainda fale desse caso, diz Valéria, sem imaginar o que está por vir. Olivia comenta que há algo anormal, que esse caso aconteceu há cerca de um ano e que a investigação continua porque há policiais mortos e uma menina desaparecida, mas não porque uma mulher foi assassinada por seu marido. Helena ouve e não entende o que se passa. Para ela, tudo aconteceu no dia de ontem, anteontem ou, quem sabe, três ou quatro dias atrás.

Valéria se aproxima de Helena e a abraça. Percebe que ela não tocou no bolo e no café e sente que algo cresce em suas costas.

## Três mulheres na sessão de telepatia

A mesa redonda da sala de jantar não é usada há muito tempo. Chloé perdeu o pouco prazer que tinha em convidar pessoas para jantar com ela desde que Eva se foi. Ao longo da vida, ela evitou visitas na intenção de preservar o santuário das memórias de sua mãe que é esse apartamento, onde ainda há rastros de seu pai e lembranças de seus avós e, sobretudo, o seu precioso segredo da primeira juventude escondido atrás do armário do quarto.

Chloé acende as velas no castiçal sobre o balcão ao lado da mesa, na qual coloca a velha porcelana de Limoges com desenhos de libélulas azuis e que está no apartamento há décadas. Ela abre uma das últimas garrafas de vinho da *cave*, invadida nos últimos tempos por traficantes de vinhos raros. Os últimos três copos de cristal Baccarat guardados para momentos especiais como o que está por se desenrolar estão pomposos sobre a mesa.

Helena aparece na porta entre a sala de jantar e a cozinha e com um aceno de cabeça cumprimenta Catarina, que está fechada em sua dor e responde da mesma forma. A estranheza de Helena tem algo de familiar, e nesse momento tem o poder de tirar Catarina do seu torpor. Ela sente no fundo da dor que, para além do dente, começa a latejar a mandíbula, um sinal de curiosidade. Helena não poderia deixar de perceber o hematoma que vai do olho à boca e se espalha pelo rosto de Catarina. Os hematomas de sua mãe e da mulher sem nome que a hospedou quando a mãe foi assassinada, a mulher com a grande mancha azul no rosto, são, de alguma maneira, lições de telepatia que atravessam o tempo.

Chloé fala da hóspede e da neta uma para a outra. Helena olha para Catarina como se quisesse sorrir, mas é impedida pela compaixão. Helena sinaliza para que se sentem à mesa. O problema da comunicação em meio ao silêncio de Helena não será um problema nesse contexto. Poucos gestos transmitem o mínimo essencial. Ela pede que esperem. Chloé pergunta se ela quer ajuda, mas ela se retira como se não tivesse escutado.

Helena chega segurando o prato quente e o coloca no centro da mesa. O perfume da comida e a fumaça de vapor que dela emanam alegram o olfato e a visão de Chloé. Catarina está esgotada demais para gostar de qualquer coisa. Chloé aprecia a tranquilidade de Helena na cozinha e lhe dá os parabéns. Ela pergunta se pode se servir, dizendo que, diante de uma iguaria tão apetitosa, não conseguirá sustentar a etiqueta e fingir que não está faminta.

Helena sorri e corre até a cozinha trazendo um pedaço de queijo e um ralador. Como a curiosidade de Chloé é insuperável, a conversa sobre o prato tem a intenção de abrir as portas para que Helena conte algo sobre si mesma. Chloé se serve comentando que imaginava a hóspede fazendo uma comida brasileira, e não italiana. Ela elogia o prato de raviólis sem saber que na cidade de onde ela vem, no sul da América do Sul, se come esses raviólis gigantes recheados com moranga.

Então Helena se levanta e vai até a estante de seu quarto. Catarina olha para longe, como as pessoas que perderam a si mesmas. Chloé observa e segura a mão da neta, perguntando se ela prefere ir para o quarto. Ela sinaliza com a cabeça que não, embora mantenha o olhar perdido no abismo. Finalmente, Chloé decide perguntar se Catarina quer ir à polícia agora. Ela diz que está cansada demais. Helena volta com um livro aberto e aponta no mapa-múndi a cidade de onde veio no sul do Brasil. Uma lágrima pesada cai dos olhos de Catarina dentro do prato vazio.

Helena fecha o livro e abraça Catarina enquanto Chloé come, com estranha calma, os raviólis bem recheados.

## Espelho

Valéria sai de manhã sem que o sol tenha nascido. Ela precisa carregar o caminhão com a mercadoria que, dessa vez, é uma carga de explosivos armazenados numa fábrica a poucos quilômetros da casa de Olivia. Quieta na cama, Helena ouve o barulho do caminhão enquanto sente as costas doerem mais do que o habitual. Buscando aliviar a dor, ela se move de modo cuidadoso. Se pudesse, escolheria ficar para sempre na cama macia e perfumada da casa de Olivia. Ao lado da cama está a mochila, dentro da qual Valéria deixou os pertences de Helena, inclusive as armas. Ela respira fundo e, tomada pelo cansaço, volta a adormecer.

O barulho do caminhão ressurge. Dessa vez, é o marido de Olivia que chega abrindo a porta e batendo-a com força. Seus passos pesados atravessam a casa. O movimento cessa depois de um arrastar de cadeiras. Uma música, insuportável para os ouvidos de Helena, começa a tocar no rádio. Sem sucesso, ela tenta não escutar tapando as orelhas com as mãos. A música acaba e logo começa o noticiário. O locutor comenta que no dia anterior a polícia militar prestou homenagem aos policiais mortos há um ano em um acidente na estrada do Rio do Fim do Mundo, na altura da Capela de Nossa Senhora Aparecida do Sul. Helena começa a suar frio ao perceber que ela mesma não sabe onde esteve por tanto tempo.

O cheiro de café sinaliza que Olivia pode estar na cozinha. A chegada de Valéria produziu sons diferentes. Antes as duas mulheres conversavam e riam, agora se ouve o som do rádio misturado ao que parece ser um sufocamento. Um ganido surdo como se alguém quisesse respirar e não pudesse vem do fundo da cozinha. Algo pesado cai no chão seguido de uma expiração. Alguém começa a chorar baixinho. Passos reverberam pela casa e uma porta bate com força. Helena se lembra de seu pai saindo de casa com seu irmão menor pela mão.

Helena se levanta, vai ao banheiro e lava o rosto enquanto decide o que fazer. Agora que estão limpos, se pode ver o brilho de seus cabelos pretos, lisos e grossos. Ela se olha no espelho. A imagem de si mesma olha para o lado, como no dia anterior quando ela tomou banho e se olhou no espelho. Olhar nos próprios olhos continua sendo impossível.

A toalha macia que Olivia lhe deu na noite anterior é um objeto compensatório, assim como a camiseta e a calça confortáveis. As roupas de baixo, calcinha, sutiã e meias cinzentas, todas um pouco grandes para ela, mas limpas e perfumadas, serão usadas com um sentimento novo que é o da gratidão. O olfato de Helena está cada vez mais potente, assim como suas costas estão cada vez mais doloridas e se curvando mais e mais a cada dia. Helena olha dentro da mochila e vê o retrato, o livro de orações e o caderno de notas, o colar de pérolas, a caixa de lápis, o dinheiro que ainda não serviu para nada. A Magnum 44 e a Remington Rand foram enroladas em duas toalhas pequenas com os cantos bordados de flores.

Pela fechadura do quarto, Helena vê Olivia no chão e entende que o barulho era do seu corpo tombando. Ela está sentada agora com as mãos no rosto e apoia as costas na parede. Helena abre a porta lentamente para evitar qualquer barulho. Ao vê-la em pé na cozinha, Olivia arregala os olhos inchados e faz sinal para que ela volte ao seu quarto. Atender ao pedido de Olivia é impossível, pois suas pernas não se movem. Com a mão esquerda, Olivia gesticula para que ela recue, enquanto pede silêncio com o dedo indicador da mão direita sobre a boca. Helena sente cheiro de cigarro e não consegue se mover. Olivia está apavorada, e através de sinais que ela tenta organizar para se fazer compreensível pede a Helena que telefone para o número da polícia. Ela sinaliza com os dedos da mão: um, oito, zero. Helena nunca usou um aparelho de telefone. Na sua casa não havia telefone. Mesmo assim, ela avança, ouvindo os passos que se estendem sem pressa da varanda na direção da porta. O homem entra na cozinha e se mostra surpreso diante da visita. Ele pergunta quem é a menina. Helena está com o telefone na mão e, imóvel, não consegue olhar para o homem.

Ele se aproxima dela, tocando seu braço com a barriga pronunciada. Manda que ela largue o telefone. Ela se esquiva como se pudesse escapar. Com a segurança possível nesse momento de pavor, Olivia avisa ao homem que Helena não fala.

Olha para mim, ele diz a Helena, que segue com a cabeça baixa. Segurando-a pelo ombro direito, ele a observa, erguendo o queixo como se buscasse foco. Na mão esquerda ele tem uma arma. A força da mão do homem a machuca. Ela se pergunta sobre o que fazer diante desse gesto e da dor que ele provoca. Como é feia, ele repete, com sarcasmo.

Deixando Helena de lado, ele se aproxima de Olivia, que se encolhe junto à parede. Ele a toca com o pé e dobra a língua entre os dentes num sinal de ameaça. Olivia pede a ele que pare. Ele dá um leve pontapé em sua perna, mantendo a língua entre os dentes como saboreando a agressão. Segurando o revólver com a mão esquerda, ele vai desferindo pontapés cada vez mais fortes com o pé direito contra Olivia, que, acuada, não pode fazer mais nada para se defender.

Por suas palavras de ódio, Helena entende que ele deve ter visto Valéria. As palavras que o homem diz dão lugar a grunhidos indiscerníveis. Helena ouve Olivia pedir a ela que vá embora. Ela não pode sair da casa pois não há outra porta. Ela caminha na direção do quarto. Com uma frieza inesperada em um momento como esse, Olivia diz ao homem que ela é mãe dos seus filhos. É a única frase que ela emite além da ordem constante de que ele pare. Ao ouvir o engatilhar do revólver, Helena começa a suar frio.

## Mulheres comendo bolinhos de Alice B. Toklas

Catarina precisa de abraços como quem precisa de contornos, diz Chloé enquanto termina de comer os raviólis. Catarina se deixa acomodar na oferta de Helena. O abraço dura minutos, o suficiente para ela sentir o que Helena tem nas costas. Catarina poderia examiná-la, mas tem medo de ofendê-la.

Chloé termina de comer os raviólis e pergunta se Catarina não vai comer. Ela se volta para a mesa e diz que apesar da aparência convidativa está sem fome. A avó move a cabeça para os lados em desaprovação e comenta que estavam deliciosos. Helena se apressa em retirar os pratos da mesa. Chloé pede que espere, diz que vai ajudá-la, mas ela desaparece na direção da cozinha antes que possa terminar a frase.

Chloé respira fundo tentando esconder a preocupação com a neta, que não tocou na comida. Então comenta que não comer não está certo e, falando alto, pergunta se Helena entendeu o que ela está dizendo.

Catarina toma um copo de água. Recuperada do seu choro, ela diz à avó que está à procura dos motivos que levaram seu marido a fazer o que fez. Comenta que há dias ele vinha falando sobre ter filhos. Disse a ele que não via como ter filhos nesse momento e que ele ficou incomodado. Havia outro aspecto, ela diz. E parando de falar, ela começa a chorar de novo. Chloé lhe diz que chorar por um homem não é um bom sinal. Só homens que fazem rir valem a pena, diz ela, e toma um gole de vinho.

Absorta em sua própria desgraça doméstica, Catarina não se incomoda com os comentários aleatórios da avó. Precisa contar que descobriu que o marido estava saindo com uma mulher e que ela vinha repensando sua relação com ele. Chloé demonstra surpresa e pergunta se ela sabe quem é a mulher. Catarina diz que é a instrutora da academia onde ele faz ginástica. Chloé pergunta como ela descobriu isso. Ela diz que ele costuma deixar o computador aberto sobre a cama e que assim pode ver todas as suas trocas de mensagens.

Chloé diz que ele deve ter feito de propósito e que ela pode processá-lo. Ela diz que não tem interesse nisso. A avó alega que pode ser um jeito de não ter que pagar pensão a ele depois da separação. Na visão de Chloé, o filho serviria para que ele recebesse uma pensão de Catarina após a separação. E completa comentando que não entende por que ela ainda é casada com uma figura que não lhe faz nenhum bem; ao contrário, que ao espancá-la cometeu um crime. Ela pergunta ainda como ela tem coragem de ser casada com um homem que não lhe traz nada de bom, que tem outra mulher e que podia ser, sem medo de errar, definido como um simples parasita.

Helena retorna com a sobremesa dentro de um prato forrado com um pano de linho branco. Ela o deposita no centro da mesa e, olhando para a avó e sua neta, move a mão num gesto de oferta. Catarina sorri docemente pedindo desculpas por estar num tal estado emocional. Também se desculpa com Helena pelas coisas íntimas que revela, explicando que não esconde nada de Chloé.

Helena aponta para os bolinhos sugerindo que Catarina os coma de uma vez. Com muito esforço e sem poder mastigar direito, ela conseguirá dormir melhor essa noite devido ao efeito miraculoso da famosa receita de bolinhos de maconha de Alice B. Toklas, que, sentada no sofá ao lado de Gertrude Stein, as observa cheia de comoção.

## Cabelos

Não vou te matar, ele diz. O que pretende fazer, ele explica com o sarcasmo muito mais violento, é dar um tiro no rosto de Olivia para acabar com o que ele chama de sorriso de vadia. Ele avisa que ela vai passar uns tempos no hospital e depois voltará para casa, onde vai continuar limpando tudo, mas não vai mais querer ver ninguém, não vai querer sair na rua, vai ter vergonha na cara, coisa que ainda não tem, mesmo sendo uma mulher velha, ele diz. Ele insiste nessa parte, dizendo que vai dar isso a ela, a vergonha que falta à sua cara. As frases vêm cheias de uma maldade que tem algo diferente.

O homem continua sem gritar. Ele diz que não vai sobrar rastro dela. Falando ainda mais baixo, acrescenta que ela é uma porca, que a casa está suja como ela. Olivia segue no chão, acuada. Nesse ponto, ele avisa que antes que ela vá para o hospital, quer vê-la limpando o chão. Antes de receber o que merece, ele diz, ela deve limpar o chão imundo da cozinha imunda como ela.

Olivia não se mexe. Ela diz que ele pode fazer o que todos fazem, matá-la e depois matar-se, que o problema é dele. Ele diz que não vai se matar, que ela não deve se preocupar com isso. Com o revólver engatilhado, mas ainda apontado para o chão, ele pega uma cadeira e se senta nela diante de Olivia. Ele pergunta se ela vai continuar a desafiá-lo. Ela não responde. Ele pergunta se ela quer morrer como uma porca ou se prefere morrer como uma vaca. Depois ri e diz que estava brincando, que ele não vai matá-la, mas apenas arrancar seu nariz e colocar a vergonha no lugar dele.

Olivia permanece sentada no chão. Não é a primeira vez que esse homem com quem ela tem dois filhos há quase trinta anos, que ela conhece desde que era jovem, age assim. Ao contrário, momentos como esse têm se tornado cada vez mais comuns. Ela espera que ele desista como fez das outras vezes sem conseguir se perguntar por que permanece casada com ele. Então ele parte para o abuso sexual, dizendo que se ela pedir desculpas de joelhos, com a boca no seu pênis, ele poderá perdoá-la. Ele equilibra o revólver sobre a perna esquerda, enquanto coloca um cigarro na boca com a mão direita. Ele acende o cigarro com o isqueiro e o coloca sobre a pia ao seu alcance.

Olivia não acredita que ele possa matá-la. Ela acha que tudo vai acabar como antes, ela trocando sua vida por uma sessão de sexo e umas bofetadas. Na verdade, acredita que ele começou a agir assim porque não consegue mais fazer sexo como antes. Viajando nas estradas, é provável que o marido use serviços sexuais de prostitutas. Olivia já encontrou sinais de presença feminina em seu caminhão, pois é ela que costuma limpar a cabine. Seu pênis não atende mais ao seu comando, e essas situações aviltantes têm garantido ereções. O que ela não imagina é que ele está disposto a matar por isso. Num momento de convívio normal, ela sugeriu que ele procurasse um médico, mas ele se irritou e foi embora com o caminhão dizendo que não voltaria nunca mais. Voltou horas depois e nesse mesmo dia criou uma encenação parecida. Depois seguiu criando situações histéricas que tornam a vida de Olivia insuportável. Contudo ela nunca imaginou que pudesse haver um risco real de morte.

Ele aponta a arma para ela e a chama para perto dele. Cansada e sem ver outra saída, Olivia se aproxima arrastando-se pelo chão. Ele a pega pelos cabelos, obrigando-a a se ajoelhar. Ela olha para ele com um sorriso falso no rosto como quem aceita fazer o seu jogo e começa a abrir seu zíper. Ele diz que sabia que ela era uma vadia. Relaxando, ele se escora na cadeira enquanto segura o revólver com a mão esquerda, que treme de leve. Devagar, Olivia pega o pênis mole que cheira a azedo e o acaricia tecnicamente, como para dar tempo ao tempo.

Coloca na boca, sua filha de uma vaca, ele diz. Ela cospe no órgão sujo enquanto espera que ele largue o revólver dizendo que ele pode relaxar, que ele nunca se arrependeu e que não vai ser agora que isso vai acontecer. De olhos fechados, dando uma baforada no cigarro, ele segura a arma engatilhada, e insiste: vai com vontade, sua vadia. Até parece que está com nojo, ele fala. Ela contesta, dizendo que entende desse serviço e ele não, como quem entra no jogo da violência de comum acordo para sair viva dele.

De repente, o revólver cai de sua mão e dispara no chão. Seu corpo relaxa de uma só vez num espasmo. O sangue explode. O corpo tomba para o lado direito com a boca estraçalhada.

Olivia cai para trás com a boca aberta e os olhos arregalados. Helena treme com a Remington Rand entre as mãos olhando para o cadáver. Olivia se levanta de imediato e tranca portas e janelas, dizendo a Helena que é preciso sair da casa o mais rápido possível. Não há tempo para pensar, para questionar ou para tentar entender. Não há tempo. Olivia diz que elas têm que ir embora o mais rápido possível, mesmo que a vizinhança pense que foi ela quem levou o tiro e, por isso, vá demorar um pouco mais para chamar a polícia, que, por sua vez, não se apressará, como sempre acontece quando se trata de atender ao assassinato de uma mulher.

Olivia entra no banheiro e liga o chuveiro para lavar o sangue que respingou sobre ela, enquanto Helena guarda na mochila o revólver do homem cheio de munição. Olivia volta do banheiro vestida com calças jeans, camiseta e boné. Ela acaba de cortar com tesouradas precisas os longos cabelos trançados. Pede a Helena que vire a cabeça para baixo e corta seus cabelos em um golpe só com uma tesoura grande. Depois joga os cabelos na pia, ateando fogo nas mechas trançadas com as mechas pretas de Helena. Os cabelos dançam com o fogo e desaparecem depressa. Olivia entrega um gorro de crochê preto dizendo para Helena não tirá-lo de maneira nenhuma. Ela tranca a porta levando consigo a chave do caminhão e o dinheiro que pega da carteira do marido.

Olivia entra no caminhão e dá a partida. É preciso mandar um sinal de rádio para Valéria, que deve estar muitos quilômetros à frente. Ela deve se apressar. Tenta lembrar como se faz para usar o rádio, mas a imagem das costas de Helena baixando a cabeça para que ela cortasse seus cabelos não permite que ela se concentre.

## Mulher com máquina de café

Depois de três dias dormindo na casa da avó e sem nenhum contato com o marido, Catarina toma o caminho de casa para buscar seu computador. Ela optou por não ir à polícia por falta de tempo, falta de confiança e, no fundo, esperança de que tudo o que está acontecendo não passe de um grande mal-entendido. Negar a realidade é inevitável quando há sofrimento. A epidemia de gripe que a obrigou a mudar de setor traz uma tarefa nova, a de anotar na plataforma os dados dos pacientes infectados, e ela precisa do computador onde a plataforma foi registrada.

São sete horas da manhã e é a primeira vez que Catarina sente de fato fome e sede depois de três dias sobrevivendo apenas à base de suco de laranja. Mais um plantão de vinte e quatro horas acordou o seu corpo adormecido em meio ao sofrimento.

A boca está em fase de cicatrização entre o roxo e o amarelo na roda de cores complementares da violência. A máscara medicinal usada nas ruas e em locais públicos, e sobretudo no hospital, evita explicações sobre o que se passou com ela aos colegas que correm de um lado para o outro tentando atender as pessoas que acorrem desesperadas ao hospital. A médica e a enfermeira que viram seu rosto quando Catarina caiu desmaiada na porta do hospital não teriam tempo para falar com ela e saber como vai. O mais provável é que a tenham esquecido. O hospital opera em um ritmo de emergência absoluta e ela toma um paracetamol de seis em seis horas para seguir trabalhando. O dente amolecido pelo impacto está a cada dia mais firme e ela espera que seu corpo se recupere no seu tempo. Antes de sair, ela tenta pegar um café na máquina, mas o cartão não funciona e ela não tem moedas.

Cansada, com fome e com sede, ela pensa em fazer café em casa. Já não sabe se deve considerar a casa como sua ou se deve apenas abandoná-la, mesmo assim, passa por sua cabeça a ideia de fazer café ao chegar no apartamento. Talvez ela tenha se acostumado a tal ponto com o comportamento estranho do marido, que sua violência, até a mais extrema, já soe como algo natural, embora desagradável, mas de qualquer modo natural. As duras palavras da avó soam repletas de razão, mas ainda não fazem sentido em algum lugar dos seus afetos. Ela prefere lembrar do cálido abraço de Helena que parece tudo perdoar.

Se não estivesse precisando do computador, ela não se aventuraria a voltar para casa, não por medo, mas porque é preciso raciocinar e, ao se refletir com prudência, não é difícil imaginar que coisas piores podem acontecer. Nesse momento, ela não quer pensar nos efeitos de uma ida até o apartamento sob o risco de encontrar o marido. Ela sabe apenas que é preciso seguir e fazer o que precisa ser feito. Sabe que sua avó vai questioná-la, dizendo que ela nunca mais deveria ver esse homem e que deveria comprar um computador novo. Infelizmente as coisas não são assim tão simples, o computador pertence ao hospital e ela precisa devolvê-lo intacto.

Na noite anterior ela havia conversado com Helena na cozinha por um longo tempo, enquanto Chloé havia ido se deitar muito cedo dizendo que tinha as pernas cansadas. Na verdade, Helena escutou Catarina com toda paciência do mundo confirmando a teoria de que todas as mulheres felizes se parecem, enquanto as mulheres infelizes são todas infelizes à sua própria maneira. Por fim, Helena assustou Catarina ao insistir que ficasse com uma pequena faca que ela retirou de dentro da gaveta e lhe deu sem poder se explicar. Catarina entendeu o gesto como a forma que Helena encontrou para dizer que ela corria perigo e precisava saber se defender. Assim, guardou a faca dentro da mochila como uma espécie de amuleto que a ajudaria a lembrar-se de que não precisava ser humilhada por homem nenhum. Durante a noite, ela sonhou que o matava e acordou assustada sem conseguir dormir de novo.

Catarina chega em frente ao prédio cujo apartamento ela já não considera seu, se perguntando se não deveria, ao contrário, mandar o marido sair de lá. Seria o mais justo, afinal fora ela quem o havia comprado. Também se pergunta que tipo de direito ele terá sobre o apartamento, sendo seu marido, caso ela queira se divorciar. Enquanto espera o elevador, pensa no que dizer a esse homem com quem convive há anos sem entender por que faz isso, se por acaso ele estiver acordado quando ela chegar ou se ele acordar no momento em que ela estiver lá. Se chegar a fazer o café, ela se pergunta se deverá convidá-lo a beber ou não. Até que ponto se pode fingir que nada aconteceu, é um problema que vem à sua mente. Ela espera que ele esteja dormindo e que não a veja pegar o computador, o que sabe ser difícil, pois não lembra onde o deixou.

Um pensamento involuntário atravessa a fome cada vez mais intensa, é a lembrança da pequena faca que traz na bolsa. Em sua imaginação, ela entra no quarto e corta o pescoço do homem com um golpe certeiro na artéria. A imagem hedionda de uma morte sangrenta a perturba e, no seu estado glicêmico, faz com que sinta náuseas. Ela não tem certeza se a sensação de culpa antecipada por carregar a faca é proporcional ao medo de querer usá-la, se é maior ou menor que esse sentimento em si mesmo apavorante. Enquanto pensa no medo que sente do próprio medo, ou seja, do medo desse pensamento que envolve a faca em sua bolsa, ela se lembra dos pacientes que não pôde salvar na última noite. Dois homens idosos, uma criança de meses, cuja mãe havia morrido há uma semana, oito mulheres abandonadas pelas famílias no serviço de reanimação. E esquecendo a faca e, por segundos, a própria fome, ela se pergunta por que tantas pessoas morrem à noite, se a morte prefere a noite ou se é a noite que prefere a morte. O dia está clareando e esses pensamentos não têm função nenhuma, senão desviá-la da fome e da sede que aumentam a cada passo com fantasias assustadoras.

O ato de colocar a chave na porta se torna uma demonstração de destreza e habilidade física e psíquica quando se tem medo e dedos congelados. A chave é uma tecnologia muito antiga e permanece atual, apesar das portas codificadas, é o que ela pensa enquanto tenta lembrar o preço de uma fechadura mais moderna e segura que deverá encomendar caso decida que é o marido quem deve sair do apartamento, decisão que ele sem dúvida não aceitará pacificamente.

## Abismo

Olivia alcança o caminhão de Valéria. Elas seguem conduzindo os dois veículos por um tempo. Falando pelo rádio, combinam de se encontrar no posto de combustíveis. Helena olha para a frente sem piscar como se estivesse em transe. Suas costas doem menos quando ela se curva dessa maneira.

Valéria estaciona e desce do caminhão andando na direção da loja de conveniências do posto. Olivia faz o mesmo. Depois de comprarem café de um homem suado que fuma atrás do balcão desconfiado da presença delas, as duas se estabelecem com suas xícaras em uma mesa próxima à porta. Fingindo estar calma, Olivia coloca açúcar no café, enquanto Valéria pede detalhes do que se passou entre ela e o marido, pois não era possível contar muita coisa pelo rádio. Valéria pergunta onde está Helena. Olivia avisa que ela está no caminhão, talvez em estado de choque porque ela mesma, adulta e vivida, está em estado de choque. Percebendo que a situação é grave e que não há tempo para elaborar os acontecimentos, Valéria pensa com pragmatismo. Ela diz a Olivia que precisam se livrar do caminhão e arranjar algum dinheiro. Que podem vender um dos veículos com o carregamento de computadores e o outro com o carregamento de explosivos para um contrabandista associado aos policiais de plantão no posto da fronteira.

Olivia se assusta com a descrição do processo, negando-se a continuar. Diz que é melhor entregar-se à polícia antes de cometer mais crimes. Valéria pergunta qual crime elas cometeram até agora. Olivia responde que Helena matou seu marido, como se já não tivesse dito isso desde o começo. Valéria sustenta que carregar Helena será um problema, já que ela é a menina desaparecida no acidente com os policiais carbonizados. Helena é uma menina assassina e somos cúmplices do seu assassinato, ela diz. Nesse caso, fugir é melhor do que enfrentar a polícia, ela completa. Olivia ouve atônita. Não há problema em fugir, fugir é um direito, Valéria insiste, dizendo ainda a Olivia que ela não precisa ter problemas morais, pois a polícia está acostumada a cometer crimes. Que se ela tivesse sido assassinada pelo marido, ele estaria sendo protegido pela polícia. Nada de culpa, você acaba de ver um assassino em potencial ser morto, Valéria fala, tentando chamar Olivia à realidade, pois ela acaba de dizer que está arrasada com a morte do marido como se ela mesma não tivesse quase morrido nas mãos dele.

Valéria insiste que o importante agora é elas se livrarem do caminhão dele, conseguindo algum dinheiro com isso, e que o melhor modo de se desligar de um crime é se ligando ao mundo dos criminosos. Olivia demonstra perplexidade com os argumentos dela. Valéria comenta que é preciso inverter o jogo. Olivia pergunta como fazer. Ela explica que será fácil. Os policiais fingem que não veem o comércio clandestino. Todos sabem que eles recebem metade do valor arrecadado a cada operação. Os chefes dos policiais que jamais vieram a esse posto e jamais viram o que está sendo feito ali, embora saibam muito bem o que é feito, não farão nada contra a zona de crime autônomo que eles mesmos sustentam. Ou seja, os chefes da justiça consentem com a ilegalidade, porque a legalidade é um recurso fictício utilizado em exceções. Logo não há ilegalidade, diz Valéria, para espanto cada vez maior de Olivia.

Valéria e Olivia terminam o café sob os olhares curiosos dos caminhoneiros que buscam o mesmo que elas no balcão da lanchonete. Elas se dirigem a um homem barbudo, com um chapéu-panamá, muitas pulseiras de ouro e um cordão dourado no pescoço, que está sentado do lado de fora sobre um pneu de caminhão. Segundo Valéria, ele é o chefe. Um aparelho de som no chão toca uma música disforme. Valéria chega devagar e o cumprimenta com um aceno de cabeça e, depois de lhe oferecer um cigarro, que ele aceita oferecendo a ela seu isqueiro para que acenda o próprio cigarro, fala sobre a mercadoria em seu caminhão, explicando que são computadores de primeira qualidade. O homem ajeita na cabeça o chapéu-panamá bastante sujo e coça a barba. Ele confirma seu interesse com um aceno. Não pergunta de onde veio a mercadoria ou a quem possa pertencer. Todo crime organizado parte do princípio moral de que tudo que se atém às regras internas do grupo não é considerado crime, mesmo que o seja segundo as leis dos outros. É uma regra moral pragmática. Não ter informações evita especulações e problemas e esta é a primeira e mais importante regra: o silêncio.

Eles andam até o caminhão. Olivia abre a porta da carroceria tentando esconder seu medo. O homem examina as caixas e faz algumas perguntas sobre quantidade. Depois de alguns minutos calculando, ele oferece a Valéria um valor muito baixo. Olivia fica indignada e não consegue disfarçar, dizendo aos berros que a proposta dele é um absurdo. Valéria sinaliza para que ela se acalme e tenta negociar dizendo que o caminhão também está à venda. O homem ri, dizendo que o valor que ofereceu já inclui o caminhão e, falando baixo como quem conta um segredo, diz que a negociação inclui uma trepada com a dona do caminhão e sua amiga.

Valéria e Olivia não gostam da piada. Valéria, conhecendo melhor o meio, percebe que estão desprotegidas e que ter ido até lá foi uma má ideia, que é evidente que esse homem que pretende ficar com o caminhão por um pagamento irrisório seria capaz de tudo, inclusive de matá-las. Ela acredita que é melhor entrar no jogo do que bancar a ofendida. Enquanto Olivia permanece perplexa, Valéria pergunta para onde podem ir para a ação, usando palavras grosseiras com o intuito de mostrar ao homem que ela é uma pessoa entendida em sexo improvisado no meio da estrada, enquanto explica a ele que sua colega é mais ingênua e pode não estar entendendo muita coisa. O homem aponta com o queixo para a parte da frente do caminhão e afrouxa o cinto, tornando visível a arma que traz na cintura. Olivia evita mostrar seu temor. Ela não entende onde Valéria quer chegar, mas segue confiando nela, embora esteja preocupada com Helena dentro da cabine.

O homem avisa para que andem devagar e não brinquem. Olivia segue andando com a certeza de que ambas estão numa situação muito mais que difícil. Como se fosse uma puta experiente, Valéria diz que ela é boa de serviço e que ele não vai se arrepender. Os homens nunca se arrependem, pensa Valéria escondendo a raiva. Olivia lembra que essas foram as palavras que ela disse ao marido pela manhã. Ele sorri enquanto joga o cigarro no chão e na sequência cospe as secreções que se formaram na sua garganta de fumante. Os homens nunca se arrependem, e também não param de escarrar, Valéria tem vontade de dizer isso a Olivia, que, com os lábios brancos, respira fundo tentando se manter em pé.

Segurando a porta da cabine, o homem manda Olivia entrar enquanto prende o braço de Valéria. Olivia tira forças da raiva que sente e entra procurando por Helena. Então o homem entra puxando Valéria pelo braço, com dificuldade de instalar seu corpo pesado e rígido entre as duas mulheres. Helena deve ter fugido, as duas pensam enquanto buscam uma saída para o momento. Sentando-se no meio das duas e com seus movimentos limitados, o homem pensa que pode controlar tudo com a arma. Por um segundo, Olivia acredita que ele pode ter tanto medo delas quanto elas têm medo dele. Que, assim como elas, ele não quer demonstrar a presença desse sentimento que o diminuiria enquanto homem.

Com a arma na mão, ele manda que as duas trabalhem. Valéria usa um sorriso falso todo o tempo e, ao abrir a braguilha da calça e sentir o cheiro de podre, ela precisa se esforçar mais. O homem tem uma ferida no pênis. Olivia vomita. O homem dá nela um tapa com a mão esquerda enquanto segura o revólver na direção de Valéria, que disfarça uma gargalhada explicando que sua amiga é muito sensível. Faz logo o que você tem que fazer antes que eu acabe com vocês duas, ele diz. Valéria começa a manipular o pênis cuidando para não tocar na ferida. Olivia não acredita no que vê. A cena que ela viveu há poucas horas se repete. Mesmo assim, ela começa a acariciar o peito do homem enquanto se prepara para desarmá-lo e ele manda que ela tire a blusa.

Contudo não há tempo, o homem arregala os olhos enquanto o para-brisa se estilhaça. Sangue escorre de sua boca, sujando ainda mais a barba. Helena está atrás do banco, sentada com a arma entre as mãos e olha atônita para a frente. Olivia e Valéria se entreolham, cientes dos problemas que se acumulam. Não há alternativa, senão fugir.

Valéria coloca o boné e os óculos escuros no morto, mantido sentado entre elas. Ela dá a partida e dirige por muitos quilômetros, até que para o caminhão em um acostamento na Serra das Araras, posicionando-o na beira da estrada. Olivia passa por cima do homem para facilitar os movimentos. Elas abrem a porta da cabine e o jogam para fora, não sem antes tirarem o boné e os óculos escuros, bem como sua arma. Ele cai na borda do vale e Olivia desce do caminhão depressa, dando nele um pontapé rumo ao abismo. Elas ouvem o barulho do corpo caindo entre pedras e arbustos. Olivia comenta que o boné cheira mal. Valéria pede que o jogue fora pois pode estar contaminado e, sacando um vidro de álcool da porta da cabine, lava os óculos, seca-os com a camiseta e os recoloca no rosto como se estivesse recomposta, apesar de tudo.

Olivia respira fundo e começa a chorar com as mãos sobre o rosto. Helena lhe estende a toalha bordada na qual o revólver estava enrolado. Ela seca o rosto enquanto Valéria liga o rádio à procura de notícias.

## Mulher, computador e homem sobre a cama

A chave está do lado de dentro, impedindo que ela abra a porta pelo lado de fora. Catarina sente mais raiva do marido agora do que sentiu quando foi atacada dias atrás. É a fome que a fragiliza, dando lugar a uma vontade louca de espancar a porta, vontade que desaparece logo que ela senta no chão para refletir sobre o que fazer. Pensa nos vizinhos, sobretudo nas crianças que vão para a escola a essa hora e, descendo as escadas, acabariam por ser testemunhas de uma cena de agressividade da qual devem ser poupadas por adultos responsáveis. Ir embora de uma vez, deixar tudo para trás, é o que ela conclui, sabendo que não terá forças para isso. Há uma certeza a ser levada a sério, ela precisa pegar o computador e está prestes a fazer isso. Talvez não devesse estar ali. Por outro lado, essa é a sua casa e não é justo deixar que um homem que não fez nada por ela se aproprie de suas coisas apenas porque sente medo dele.

Sem esquecer da pequena faca, Catarina se dá conta de que ela pode ser útil para a retirada da fechadura. Ela faz isso com todo o cuidado, primeiro deslocando a placa, depois os parafusos, depois empurrando o núcleo, que cai para dentro fazendo barulho no encontro com o chão de cerâmica. Ela está com sorte, o marido não se manifestou, deve estar fora com a namorada nova, talvez tenha finalmente tomado o remédio para dormir que ela receitou meses antes e que ele nunca quis usar, pois considerava que esse tipo de droga interferiria no seu modo de ser. Ela guarda a faca no bolso e empurra a porta, sentindo o cheiro da lixeira, que deve estar cheia, sinal de que a hipótese de que ele tenha saído há dias seja a mais provável. Esse homem é um desleixado que jamais limpa a casa, sempre dizendo que os incomodados é que devem fazer a faxina. O computador deveria estar na estante diante da mesa, entre *O segundo sexo*, de Simone de Beauvoir, e *O capital*, de Marx, dois livros que ela ganhou da avó, volumes suficientemente grossos para segurar outros livros que ela trouxe do apartamento da mãe. É entre esses livros que ela costuma deixar o computador quando não o leva na mochila. O caderno de anotações está ali, mas não o computador. Talvez esteja enganada sobre isso. O cansaço prejudica a sua memória. Já são quase nove da manhã e o dia começa a clarear. Ela vê a fechadura que caiu para dentro e nela a chave do marido com o chaveiro em formato de bola de futebol. No apartamento escuro, sob a porta fechada do quarto se pode ver um fio de luz. Catarina acha estranho que ele esteja dormindo com a luz acesa.

Ao pensar sobre a luz do quarto, Catarina se dá conta de que o marido não deve mesmo estar em casa. Talvez tenha saído no dia anterior, deixando a luz acesa por descuido. Talvez tenha decidido dormir fora com a mulher com quem vem saindo. Por que não trouxera essa mulher para o apartamento era outra questão, mas que agora não vinha ao caso. Talvez seja alguém que ele não possa trazer, ou que não queira vir, alguém que tenha uma casa melhor do que esse apartamento. Ela cria uma cena em sua mente na qual ele está feliz com outra pessoa e pensa que é melhor assim. Que ele a deixará sem reclamar demais.

Ela sabe pouco da vida do marido. Pode ser que ele não tenha voltado até agora porque, como acontece quando se descobre um novo amor, ele esteja embevecido e encantado de tal modo que não pensa em mais nada. Está na casa da sua nova namorada e a velha casa se tornou inútil. Foi assim quando eles se conheceram, ele abandonou sua velha casa, onde vivia com outra mulher, e foi morar em um apartamento que Catarina alugava ao lado do hospital. A história deve estar se repetindo, ele deve ter encontrado alguém melhor para suportar sua depressão e sua solidão, já que Catarina está sempre trabalhando.

Catarina pensa tudo isso, mas essas suposições não a convencem, são irreais demais e logo se angustia ao pensar que ele pode ter acordado cedo, ido ao mercado comprar pão e esquecido a luz acesa, talvez esteja subindo pelo elevador naquele exato momento enquanto ela perde seu tempo pensando. Então lembra que ele jamais sairia para comprar pão cedo e se tranquiliza. De qualquer modo, não faz sentido tranquilizar-se nem por um segundo, o melhor é pegar o computador e sair logo. Por enquanto é preciso que ela seja ágil e rápida para evitar problemas.

Só na França, neste momento, uma mulher é morta a cada nove minutos, é a frase que ainda se repete como um eco em sua cabeça desde o jantar na casa da avó. No mundo, uma mulher é morta a cada minuto apenas por ser mulher, ela se arrepia ao pensar. Catarina conhece as estatísticas e não quer fazer parte delas, ninguém quer fazer parte delas, ela pensa, mas os tempos são de impotência e o medo rege a vida em geral.

Catarina poderia fazer as coisas com mais calma, talvez pegar algumas roupas, livros, a garrafa de vinho caro comprada para comemorar um evento que nunca chegou a acontecer, mas a fechadura foi desmontada por ela mesma e, assim como é difícil fechar a porta por dentro, será difícil fechar a porta por fora. O problema se dissipa quando ela pensa que pode sair e deixar a porta como está. O mesmo problema volta quando ela percebe que se o marido saiu, esquecendo-se da chave por dentro, talvez ele mesmo tenha se dado conta disso e, tendo em vista que pagar um chaveiro é caríssimo, é provável que ele faça o mesmo que ela quando chegar, ou seja, também pense em desmontar a porta e também sinta preguiça de fazer isso, e sabendo que todas essas coisas podem acontecer, tenha decidido adiar seu retorno para casa. Ela pensa tudo isso evitando entrar no quarto, e, mesmo assim, de repente, ela entra no quarto.

Suas hipóteses todas caem por terra quando abre a porta do quarto e vê o homem com quem ela é casada imóvel sobre a cama. Ele está deitado de barriga para cima, de pijama e com a cabeça para fora do colchão. Imóvel e com os olhos virados para cima, é evidente que ele está morto. Deve estar ali há algum tempo, o que explica o cheiro no apartamento. O cheiro da morte em casa é diferente do cheiro da morte no hospital, pensa Catarina, que tem as mãos na boca evitando respirar e gritar, duas coisas que ela faria se não se contivesse diante da cena chocante. Ela sabe que não deve se aproximar, que o que deve ser feito é chamar a polícia. Ela pensa também que não deveria ter ido até ali, que teria sido melhor não ver nada disso. Nesse momento ela é tomada pela curiosidade, dá alguns passos e ao se aproximar para ver o rosto do marido morto, ela percebe o pequeno buraco em seu pescoço e o sangue caído e coagulado no chão. Embora seja médica e esteja acostumada com todo tipo de situação, Catarina desmaia diante da cena de horror.

## Carta

O caminhão tem óleo diesel suficiente para algumas horas. Olivia e Valéria sabem que só poderão abastecê-lo bem longe. Precisam fugir da polícia e dos bandidos que devem estar atrás delas. Avançar na estrada é imperativo e cada segundo deve ser contado como o tempo da sobrevivência. Valéria lastima pelo caminhão que ficou para trás, sabendo que a carga de explosivos será saqueada e vendida ali mesmo. Ela trabalhou anos para comprar o veículo, economizou todo o dinheiro que pôde com o trabalho de frentista e como garçonete na churrascaria do tio de Olivia, onde as duas se conheceram. Pediu um pouco de dinheiro emprestado a ela, vendeu a velha moto, que não valia muita coisa, e ainda assim não tinha terminado de pagar o caminhão. A carga era clandestina e ela receberia o dinheiro apenas no final da viagem.

Valéria sabe que deverá trabalhar muito para recuperar o prejuízo, se é que vai conseguir se reerguer, e sabe que não poderá voltar tão cedo a dirigir pelas estradas do sul. Talvez não possa dirigir em estrada nenhuma, muito menos o caminhão do marido de Olivia, cuja morte não demorou a chegar aos noticiários. Olivia é tratada como uma assassina que deixou o morto com a braguilha aberta, quando deveria ser tratada apenas como uma suspeita. O nome de Valéria também faz parte da narrativa na qual as duas figuram como membros de uma quadrilha de mulheres assassinas e ladras de cargas valiosas. O cerco de policiais e jornalistas homens é evidente. Além disso, não cairia bem a uma narrativa masculina imaginar que duas mulheres fugiram juntas porque se amam e o marido de uma delas, violento como tantos outros, que prometia matá-la, acabara morto por uma menina de treze anos, sem que a esposa humilhada, e que poderia tê-lo matado para se autodefender, tenha culpa nenhuma nisso.

Da maneira mais objetiva possível, diz Valéria a Olivia, um dos chefes do território onde as milícias exercem o seu poder acaba de ser morto, logo outro ocupará seu lugar, e os novos comandantes do crime ficarão com uma dívida de vingança contra quem o matou. Elas sabem que o fato de ele ter saído com duas mulheres e não ter voltado pode servir para confundir seus companheiros, embora pareça fácil ligar a morte do marido de Olivia, o sumiço do caminhão do marido morto e o caminhão de Valéria deixado no mercado ao lado do posto. A essa altura, todos já devem estar sabendo o que aconteceu e elas contam apenas com o fato de que os homens, bandidos e policiais, vão preferir rapinar o caminhão do que garantir as provas da verdade, justamente porque eles não precisam de provas. É possível que venham atrás delas, de modo que viajar o mais rápido possível para chegar à casa da mãe de Valéria, onde nem a internet chega, é a única saída para elas. A distância é imensa, mas se não pararem para dormir podem ter sucesso na fuga.

Elas vão em direção à Bahia. Depois de muitas horas de viagem, tendo parado para abastecer na cidade de Divisa Alegre, onde conseguem pão e queijo para comer, o rumo é o sertão. Olivia diz a Valéria que seria melhor mandar Helena para algum daqueles endereços que estavam no livro de orações da mãe e pergunta se ela entendeu que Helena era filha de uma mulher que chegou a ser freira na juventude. Valéria continua dirigindo sem entender muito bem o que Olivia quer dizer. Ela conta a Valéria que durante a noite ficou lendo o livro de orações que estava na mochila de Helena, que encontrou várias anotações nele e que, no bolsinho da capa, havia uma carta não enviada. A carta explica muita coisa. A mãe de Helena, diz Olivia para o espanto de Valéria, foi uma freira que viveu na França durante a juventude. Imagine sua mãe ser uma freira que fica grávida, volta para o seu país de origem para ter a criança, depois tem um caso com um policial com quem acaba se casando, tem filhos com ele, tenta se matar, mas não morre e, no final, acaba sendo morta por ele, que era um ciumento patológico. A vida dá voltas demais, diz Valéria, surpresa ao ouvir algo tão espantoso, dizendo que jamais seria capaz de ligar os pontos dessa história.

Helena dorme sobre a mochila, dentro da qual estão as armas que não são brinquedo de criança. Valéria e Olivia se revezam na direção e durante toda a viagem, quando podem, seguram na mão uma da outra.

## Mulher no meio da rua sobre a faixa de pedestres

Catarina acorda na cama de sua avó. Chloé e Helena estão sentadas ao pé da cama, uma de cada lado. Chloé sorri, Helena sorri. As duas parecem ter combinado de sorrir do mesmo modo, em silêncio. Chloé diz que está tudo bem enquanto Catarina tenta se lembrar do que aconteceu. Sem conseguir entender se teve um pesadelo, ela pergunta o que houve e ameaça sair da cama, mas a avó lhe pede para ter calma. Ela lembra do corpo do marido sobre a cama e é invadida pelo cheiro da morte, que não sabe se está na sua memória ou no seu corpo. A náusea retorna.

Chloé conta que ela foi encontrada perto da praça em frente ao apartamento, caída no meio da rua sobre a faixa de pedestres. Os policiais telefonaram avisando que a haviam levado ao hospital. Que primeiro pensaram que ela tivesse sido atropelada, contudo não havia ferimentos. Os exames não mostraram nenhuma hemorragia ou coisa parecida. Catarina lembra de ter se sentido mal ainda dentro do apartamento. Ela tem a impressão de ter desmaiado ali e não lembra de modo algum como teria chegado até a rua.

Chloé e Helena foram ao hospital de táxi. Lá, o médico de plantão queria que Catarina ficasse na observação, mas a médica que o substituiu logo em seguida disse que não era necessário e liberou a paciente, pedindo que telefonássemos para a emergência se fosse necessário. Quando chegamos em casa, a polícia telefonou de novo, contando sobre o falecimento, disse Chloé. Então Chloé entendeu que a neta estava em estado de choque, por isso parecia ausente, não falava e não parecia reconhecer nem a ela nem a Helena. A polícia levou o corpo do morto para o necrotério e Catarina é quem terá que resolver os trâmites do enterro assim que tiver condições emocionais.

Catarina diz não se lembrar de nada e comenta que ninguém poderia querer matar seu marido. Chloé toma cuidado com o que diz, mas não pode deixar de dizer que todos temos motivos para matar e também para sermos mortos, pois somos sujeitos ou objetos de ódio de alguém em algum momento. Chloé alega que Catarina, como qualquer mulher, sabe pouco ou nada sobre a vida do marido. Homens costumam ter relações clandestinas em todos os tempos, ela fala, se desculpando por dizer coisas óbvias. Ao seu lado, Helena aquiesce movendo a cabeça no silêncio que lhe é habitual. Catarina diz que não é possível, que não faz sentido, que o marido morto era um eremita urbano. Chloé diz que ela não deve esquecer que ele tinha uma nova namorada. Catarina contrapõe a isso que o morto não tinha amigos ou inimigos. Que ele nunca saía de casa. Que era um pessimista. Chloé lhe alcança um copo de água dizendo que ela precisa se hidratar. Catarina bebe a água com folhas de melissa. Depois retoma a palavra para mencionar que o marido morto estava de pijama sobre a cama, perguntando às duas se elas conseguem imaginar o que isso significa. Ele estava indefeso e foi assassinado. Ele estava deprimido, Catarina diz e, pelo jeito, essa nova namorada não o demoveu desse estado de espírito. Chloé diz que, quando ele a atacou, ela também estava indefesa, mas em vez de estar de pijama sobre a cama, estava com uma mochila nas costas indo para o trabalho de manhã cedo enquanto ele ficaria deitado e dormiria feliz até o meio-dia. Catarina continua absorta, movendo devagar a cabeça de um lado para o outro e deixando o olhar flutuar ao longe. O marido foi morto com um ferimento no pescoço, como se tivesse sido cortado com uma faca pequena e certeira, diz Catarina. Helena suspira e pisca os olhos atônitos como se estivesse cansada de ver tanto sofrimento.

Chloé se compadece de Catarina. Perder a mãe de maneira trágica e agora perder o marido também de modo trágico não é algo simples de suportar. Chloé segura suas mãos e olha em seu rosto, insistindo que ela descanse. Segurando as mãos da avó, olhando bem fundo nos seus olhos, Catarina pergunta por que, embora sinta uma dor profunda, ela não tem vontade de chorar. Chloé hesita, mas acaba por dizer que o que ela sente é uma forma nada convencional de liberdade.

## Caixa

Helena chega em seu quarto e encontra uma caixa sobre a cama envolvida em um embrulho verde-escuro. É um estojo de tintas da marca Rembrandt que ela viu na vitrine de uma loja de materiais artísticos. Dentro de pequenas gavetas ao redor de uma caixa, estão cento e vinte cores acondicionadas com pincéis e outros acessórios de maneira fabulosa. Junto a ele, um encarte diz que se trata de uma edição limitada em comemoração aos cento e vinte anos da marca. Há apenas cento e vinte estojos iguais a esse no mundo todo. Dentro de um envelope, um bilhete: *como agradecimento pelo nosso lindo jantar*, assinado com um C. Embora o C possa se referir a Catarina ou a Chloé, a letra deve ser de Chloé e não de Catarina, pois a caligrafia envelhece com a mão que a desenha, pensa Helena.

Helena observa as cores, uma a uma. Pega cada pincel sem saber como poderá usar tudo isso. Então ela senta à mesa diante do seu caderno de desenho, onde restam poucas folhas em branco. Acostumada a usar apenas um modesto lápis preto, permanece admirada com o estojo. Sua riqueza, abundância e luxo são extraordinários, mas por algum motivo esse presente entristece Helena, que, não tendo sequer onde morar, não teria onde guardar um presente assim. São pensamentos inúteis que vem à sua mente contra os quais ela nem sempre consegue lutar.

Navegando no rio da memória onde flutuam as tristezas do passado, ela se põe a olhar pela janela vendo a neve cair. Intrigam-lhe as vidraças antigas com os sinais do tempo que nelas se desmancha. Se pergunta para onde irá depois dessa passagem pela casa de Chloé, enquanto tenta se lembrar do sonho que teve à noite com os meninos indígenas vestidos como colegiais em paletós azuis. Helena pensa que deveria desenhá-los, mas tem uma tarefa a cumprir e, para evitar mais pensamentos tristes e inúteis, decide trabalhar.

Os desenhos perfeitos que ela vem fazendo se referem a cenas que não lhe saem da memória, sejam imagens da vigília ou dos sonhos. Ela não sabe de que lado da realidade está nesse momento. Sabe apenas que vacila entre o rio da vida e o da morte abraçada aos escombros de suas percepções. Gostaria de alcançar o barco da história, e se esforça, mas na contracorrente. Ela se apega a sinais, frases e imagens soltas no tempo tentando compor a si mesma. Com uma caligrafia delicada, ela tem treinado escrever a frase de Edgar Allan Poe que encontrou destacada em um livro na estante de Chloé, assim mesmo em inglês: "*The death of a beautiful woman is the most poetical topic in the world*".

Chloé bate à porta e a abre lentamente. Helena faz sinal para que ela entre e, num gesto de agradecimento pelo estojo que acaba de receber, abraça Chloé. Ela devolve o abraço perguntando se pode se sentar na cadeira diante da mesa. Helena confirma. Então ela lhe mostra a frase de Poe e pergunta o que significa. Chloé explica.

Então Helena corrige a frase riscando o prefixo "wo" e transformando a palavra mulher, na palavra homem, de modo a inverter o significado da frase e toda uma filosofia da composição que ninguém vai entender, mas Helena não está preocupada com isso.

## Mulher diante de um homem

Catarina precisa ir à delegacia no dia seguinte para depor. O delegado lhe diz que o marido foi assassinado e morreu na hora, e pede a ela que descreva com detalhes tudo o que possa ajudar a polícia a entender o caso. Ela conta que a porta tinha uma fechadura antiga, que a chave estava na fechadura pelo lado de dentro como se tivesse sido colocada de maneira a impedir que se abrisse pelo lado de fora, portanto foi preciso desmontá-la. Conta também do cheiro de podre. Ela fala da necessidade de pegar seu computador. Ele pergunta se o morto tinha família, pais, irmãos, filhos de outro casamento. Catarina responde que ele tinha primos, mas que moravam em outros países. O delegado pergunta se ela os avisou, ela diz que ainda não conseguiu pensar em nada.

Notando que ela tem sinais roxos no rosto que demonstram um evidente espancamento, ele pergunta sobre o relacionamento do casal, pois é importante informar esse tipo de detalhe no processo. Constrangida, ela conta que foi atacada por ele há poucos dias e que, desde então, tem ficado na casa da avó. Ele pergunta por que ela não procurou a delegacia. Ela explica que pensou que ele não faria mais o que fez, que sentiu vergonha e preferiu pensar que nada disso estava acontecendo.

Ele pergunta se ela quer que o crime seja investigado. Ela diz que não. Ele diz que a entende, que é normal assassinos não autorizarem a investigação. E é muito fácil para um cônjuge estar nessa posição privilegiada. Ela não entende o que ele está dizendo e não sabe o que perguntar. Ele imprime uma folha de papel e pede a ela que assine. Ela pergunta o que está assinando e, atrapalhada, indaga o que ele está querendo dizer com tudo aquilo, pois não entende. Ele diz que seria necessário investigar para saber o que de fato aconteceu, contudo se a família não autoriza não se segue adiante. Assim é a lei. E alerta que não vale a pena investigar quando não há interesse por parte da família. Se não há câmeras no local, não há como investigar muita coisa, ele explica, aproveitando para perguntar se foi didático o suficiente. Catarina diz que não entende bem o que ele está falando. Então ele diz que será mais claro, já que ela insiste. Seria impossível deixar a porta trancada por dentro, ele fala. Alguém entrou, eu sei, a senhora sabe, nós sabemos disso, ele afirma, e a única pessoa que possuía a chave do apartamento era a senhora, ele diz. Catarina fica muda e, em sua defesa, diz apenas que ele tinha uma nova mulher e ela também poderia ter a chave. Ele responde que, se tivesse outra mulher pela qual estivesse apaixonado, não estaria de pijama vendo televisão em casa sozinho. Catarina emudece.

O delegado lhe entrega uma caneta para que ela assine o documento do depoimento. Ela assina esperando poder sair da delegacia o mais rápido possível. Ele diz que ela pode reivindicar o cadáver no necrotério e que lá os funcionários podem sugerir serviços funerários rápidos e objetivos. Se quiser evitar gastos, pode deixar o marido entre outros cadáveres, ele finaliza. Ela escuta a fala do delegado cada vez mais boquiaberta com sua falta de sensibilidade. É um direito do morto ser enterrado, ela diz, tentando fazer com que ele ofereça outras informações mais humanas e respeitosas para com uma pessoa que acabou de morrer assassinada e seu ente querido que sofre com a perda brutal. Em geral, ninguém busca os cadáveres de mulheres que nos chegam, ele comenta e, desse modo, pode ser que os maridos assassinados também não sejam reivindicados. A grande maioria das mulheres assassinadas não é investigada, diz o policial. É raro aparecer homens assassinados por mulheres, ele termina. Catarina pergunta como ele sabe que seu marido foi assassinado e como saberia que foi por uma mulher. Ele diz que não sabe, mas que essa é a hipótese mais provável considerando o uso minucioso da arma. Foi um uso de fato delicado, ele assevera. E, como a senhora sabe, um homem não seria tão preciso e delicado em seu propósito.

A fala dele é um completo deboche. Catarina passa a maior parte do tempo perplexa ouvindo o que ele diz. Por fim, num tom mais cínico do que antes, ele pede desculpas por falar todas essas coisas e diz que ela pode ficar tranquila, que não haverá investigação. Conduzindo-a para fora da sala, se despede dando a ela as suas condolências. Em pé segurando a porta aberta, ele pensa que ela sairá mais feliz dali agora, pois desejava escapar desse processo, e que pode agradecê-lo pelo resto da vida por essa providência. E, dizendo adeus, fecha a porta.

Catarina está perplexa e, sem entender a atitude do delegado, fica parada por um tempo diante da porta fechada. Então compreende que ele praticamente disse que foi ela quem matou o marido. E se pergunta por que ele precisaria investigar se já tem essa certeza e, se investigasse com esse nível de certeza, se seria capaz de chegar a outro assassino que não ela. Há mortes demais, assassinatos demais. Seu marido foi apenas mais um. Catarina é apenas mais uma. No mundo, ninguém mais pode ser considerado um ser essencial. Matar e morrer se tornaram ações banais.

A frase não dita ecoa nos ouvidos de Catarina enquanto ela desce as escadas do prédio da delegacia na direção do hospital, onde atenderá pessoas doentes e muitas sem chance de viver até a próxima manhã.

## Canudos

A pressa torna a viagem lenta, embora elas avancem na máxima velocidade permitida pelo caminhão e pelos radares da estrada. Olivia comenta o descompasso entre a verdade e a realidade. Valéria pergunta o que ela quer dizer com isso, preocupada que Olivia tenha tido uma ideia tão estranha num momento em que é preciso manter a lucidez. Olivia diz que elas precisam encaminhar Helena para algum lugar e que, se a polícia as encontrar, serão presas e Helena irá para um orfanato. Valéria percebe as lágrimas descendo dos olhos de Olivia. Ela tenta consolá-la dizendo que vai passar, que a vida é uma alucinação, que é preciso prestar atenção o tempo todo, que elas precisam ser fortes, que são apenas algumas horas. Que ao chegarem a Canudos, ninguém mais saberá delas e poderão enfim conversar sobre tudo o que está acontecendo. Olivia pede para dormir um pouco. Valéria coloca os fones de ouvido e dirige por horas ouvindo canções que possam garantir a sua concentração na estrada. Ela bebe um gole de coca-cola para se manter alerta e avança na estrada na máxima velocidade permitida.

É noite alta quando ela avista a placa para Canudos. Suas pernas estão tensas, ela precisaria parar para se mover, mas segue em frente deixando o asfalto e conduzindo o caminhão por uma estrada de terra. Helena dormiu o tempo todo, como se não precisasse de água ou comida para sobreviver. Olivia acaba de acordar e acaricia seu rosto, agradecendo por terem chegado até ali.

Ao chegarem na casa da mãe de Valéria, elas são recebidas com alegria pelos cachorros. A mãe de Valéria mora sozinha nesse sítio na companhia de mais de uma dezena de cães, todos vira-latas que chegam até ela atraídos pelos outros cães ou levados por pessoas que sabem que ela gosta deles e que sempre aceita mais um como morador. Ela abraça Valéria enchendo-a de beijos. Como é muito pequena e Valéria é uma mulher alta e forte, a filha pega a mãe no colo e as duas riem juntas. Dona Elza não conhecia Olivia e se alegra com as visitas, a quem começa logo a contar a vida. Ela serve a elas um baião de dois com queijo coalho assado no fogão a lenha. Depois oferece um doce de cupuaçu. Elas bebem uma aguardente muito saborosa que Dona Elza tira de dentro de um armário cheio de mantimentos. A meia-noite chega e elas seguem bebericando em goles suaves, enquanto a mãe de Valéria prepara um chá. Elas têm muito para contar, embora não possam contar tudo, pois Dona Elza ficaria apreensiva com tantos problemas e desafios. Helena está quieta no seu canto, ocupada com o caderno de anotações que vem servindo de caderno de desenhos. Dona Elza diz que ela é uma menina coruja. Helena escuta e desenha uma menina coruja atravessando a noite escura. Depois vai mostrar a elas, que se espantam com as habilidades artísticas da menina. Olivia conta a Dona Elza que ela é ainda mais hábil do que parece.

De repente, os cães que estão lá fora latem como se alguém se aproximasse, elas ouvem os passos pesados.

Um barulho de tiros mata um dos cães. Ganidos, latidos e o silêncio da morte se misturam. Dona Elza pega a espingarda e manda todas para dentro do quarto. Helena não se move, apenas pega a sua mochila e se posiciona no canto oposto da parede, camuflando-se ao lado do armário com a alça da mochila na mão direita. Dona Elza pede a ela que faça silêncio. Ela não se move. Alguém bate à porta. Dona Elza pergunta quem é. Uma voz masculina diz que é o coronel. Abra a porta senão eu arrombo, ele brada. Ela responde com calma para que ele espere um momento, pois está se vestindo.

Então ela abre a porta, segurando-a com a mão para que ele não entre. Ela pergunta o que ele vem fazer a essa hora na casa de uma senhora idosa que vive sozinha, além de matar um dos seus amigos e ameaçar arrebentar a porta. Essa não é uma atitude de um homem de bem, Dona Elza afirma sem medo de ofender o homem que tem o dobro do seu tamanho. Ele responde que o cão mordeu sua perna, mostrando a bota rasgada, e que ele tinha que se defender. Ela diz que se ele não tivesse invadido a casa dela, isso não teria acontecido. Ele mente ao dizer que veio em paz e que há muito tempo quer comprar suas terras. Ela diz que não vai vender nem para ele nem para ninguém mais. Que quer ser enterrada ali junto com os seus pais debaixo do pé de cortiça. Ele diz que quer fazer uma nova proposta de compra da propriedade, que ela pode até ir morar na casa dele, pois lá há bastante lugar para morar na velha senzala que foi transformada numa casa para os empregados. Ela pode trabalhar na cozinha, ele sabe que a sua boia é boa, ele diz. Ela responde que não está interessada. Ele se irrita com a resistência dela e revela a que veio. Diz que está a mando da polícia, e que veio atrás de Valéria. E que ele viu que Valéria está em casa porque o caminhão estacionado com o vidro do para-brisa estilhaçado só pode ser dela.

## Mulheres de mãos dadas

Helena está sentada no quarto de Chloé observando a rendeira. Ela imagina o pintor em suas horas de observação buscando representar a mulher em seu trabalho de manusear linhas e bilros. Sentada ao seu lado, está Gertrude Stein, que diz de modo irônico, eu duvido que você consiga copiá-la como ela é. Alice B. Toklas olha pela janela, alisando uma mecha de seu penteado chanel. O artista pintou a mulher, mas o que importa é o que não está visível, é o que Helena fala, e sua voz, há muito tempo silenciada, ecoa dentro do quarto deixando a si mesma surpresa. Eu nunca soube desenhar nem um boneco de palitos, observa Gertrude indo se sentar no parapeito da janela, perto de Alice que comenta baixinho: ela sabe que o mais importante para a rendeira é a concentração sobre a qual o pintor não tem nenhum domínio.

Catarina entra de repente sem pedir licença. Helena esconde a pintura original deitando-a sobre a cama, mas deixa a cópia à mostra já que a tinta está fresca. Catarina se surpreende com a habilidade de Helena, dá-lhe os parabéns pelo trabalho, mas ocupada em resolver problemas práticos, pede a Helena que preste atenção.

Helena se põe a escutá-la. Catarina está nervosa, diz que não há como se defender. Diz que não pode perder o emprego no hospital e não pode fugir e deixar sua avó, que terá que arranjar um bom advogado. Ela conta sobre o depoimento, sobre as perguntas estranhas que o delegado fez a ela, sobre o que ele disse a respeito do jeito como o marido foi morto, mas está confusa demais para se explicar. Catarina diz que é muito fácil que venham culpá-la e que ela mesma está confusa com o que aconteceu de fato. É muito fácil dizer que a mulher matou o marido se os únicos que tinham acesso ao apartamento era o casal e a avó dela. Ela diz a Helena que não matou o marido, que já o encontrou morto, que ela não está louca. Que jamais teria coragem de fazer algo assim, mesmo ele sendo violento, mesmo ele sendo um idiota. Catarina fala para Helena que jamais teria coragem de usar a faca que ela lhe deu. Que jamais mataria uma pessoa, que no juramento de Hipócrates ela prometeu jamais matar uma pessoa.

Helena toca o rosto de Catarina para acalentá-la. A angústia tomou a forma de uma máscara de mármore sobre a pele marrom do rosto de Catarina. Helena retira do bolso uma chave na qual está colada uma etiqueta com o nome e o endereço de Catarina. Diante dessa imagem, Catarina emudece tomada por um esgar de desespero. À sua maneira, Helena prefere ser direta, a verdade é sempre o melhor caminho. Ela poderia dizer uma frase inteira com todas as letras, fui eu quem matou o seu marido ou foi Chloé quem matou o seu marido, mas, sem poder falar, prefere que Catarina deduza o óbvio. E embora a verdade seja sempre o melhor a dizer, é a primeira vez que Helena mente acerca da morte de um homem.

## Mãe

Dona Elza diz que sua filha está em casa e que ela não precisa mentir. Ele fala para ela vir com ele. Ela pergunta por que ele não deixa o assunto para amanhã. Ele explica que a polícia de São Paulo está atrás dela. Dona Elza diz que não pode entregar a própria filha. Então ele diz que sente muito, mas vai precisar entrar na casa dela e levar Valéria assim mesmo. Dona Elza diz que ele não tem autorização para entrar. Ele diz que ela sabe que ele pode entrar, mas que não quer fazer uma coisa dessas à força. Que ele espera por ela, que ela pode até fazer uma mala se precisar. Dona Elza diz que ele mande a polícia amanhã. Ele diz que precisa levar Valéria de carro até Juazeiro e que de lá ela vai ser levada para São Paulo. Dona Elza o encara em pé e sugere que ele se sente, dá para ver o seu cansaço, ela diz oferecendo-lhe uma cadeira ao lado da porta. Ele se abaixa para entrar e senta, tirando o chapéu. Ela serve um copo de cachaça. Bebendo de um gole só, ele comenta que a filha de Dona Elza deixou um rastro de destruição por onde passou. Ela vai ter que pagar. Ele diz que pode destruí-la, a ela e à filha se quiser, mas prefere não fazer isso, pois a conhece desde criança. Ela ouve sem contestar, sabe muito bem com quem está falando e decide levar adiante a conversa para ganhar tempo. Os dois seguem conversando. Dona Elza insiste em dizer que não pode entregar a filha. Paciência tem limite, ele diz a certa altura da conversa. Ele manda que ela busque a filha no quarto dizendo que o tempo acabou. Ela diz que não pode entregar a filha. Ele avança para dentro da casa. Dona Elza fala para ele não se atrever, pegando a espingarda e se posicionando na frente dele para impedir sua passagem. Ele pega o revólver e diz para ela sair do caminho. Ela suspira. Ele a manda sair. Ela suspira longamente e dispara com a espingarda na sua cara. Ele cai e seu peso solto sobre o chão de madeira sacode a casa inteira. As duas surgem na porta assustadas e ficam estarrecidas diante da cena.

Valéria abraça a mãe. Olivia se senta, colocando as mãos na cabeça em desespero. Elas estão numa posição muito desfavorável, longe das fronteiras com outros países. Além de tudo, vai ser difícil vender a carga do caminhão, o próprio caminhão e agora, para piorar, elas têm mais um morto para dar conta. Dona Elza diz que o melhor é elas irem embora o quanto antes. Olivia pergunta se não podem enterrar o homem ali mesmo para evitar um problema. Dona Elza diz que não gostaria de ter esse infame enterrado no seu chão. Valéria diz que a mãe tem razão e que levarão o morto com elas. Helena observa a cena. É a primeira vez que vê uma mulher tão frágil matando um homem muito maior do que ela.

## Mulher com faca na esquina da rua

Catarina caminha pela cidade até chegar diante da imagem de Santa Catarina na esquina da rue de Cléry com a rue Poissonière. Ela para diante da estátua buscando um lugar para ficar em paz, esvaziar a cabeça e refletir. Não pode falar com Chloé sobre o que está sentindo ou pensando. Qualquer coisa que a avó dissesse agora seria perturbador. Ela, que sempre sugere soluções pragmáticas mesmo para o que não tem solução, não poderia dizer nada que fizesse sentido nesse momento.

Catarina caminhou desde o hospital, ficou um tempo no Jardin des Plantes observando o vento bater nos arbustos que resistem à força que os quer curvar, sem que ela mesma pudesse entender o que estava sentindo, sem poder explicar a si mesma o que fazer com a própria vida de agora em diante. Antes de chegar na pequena estátua incrustada no muro, Catarina atendeu os pacientes, verificou a situação de cada um, as crianças e os adultos, tentou ressuscitar um homem idoso à beira da morte porque aprendeu que a medicina é uma prática do cuidado, apesar de tudo. Que mesmo com ódio do marido, ela o teria salvado se pudesse, em vez de matá-lo. Ali, diante da santa, ela busca conforto como se Eva estivesse viva e pudesse escutá-la agora.

Todos os anos, no aniversário de Catarina, ela e Eva passavam para ver a estátua da santa que deveria salvar a França, a santa da qual Joana d'Arc era devota, como Eva gostava de contar. Quando Catarina era pequena, ela preparava um chapéu de papel colorido e as duas tiravam fotografias com ele diante da santa e depois caminhavam até o Sena procurando uma sorveteria, antes de comemorar o aniversário com um jantar na casa de Chloé. Eva dizia à filha que ela deveria se casar antes dos vinte e cinco anos para não se transformar numa catarinete. Catarina achava tudo engraçado. Chloé nunca ia junto, nem mesmo quando Alice, que legou o hábito a Eva, participava da brincadeira. Ela preferia ficar em casa e fazer o jantar, inclusive o bolo de chocolate preferido de Catarina. Por nunca ter visto as catarinetes com os chapéus divertidos das histórias que ela ouvia, Catarina pensava que elas não passavam de uma invenção maluca de sua mãe e de sua bisavó Alice. Agora, diante da santa, lembrando desse velho costume das jovens celibatárias parisienses que desapareceu com o tempo, e lembrando que ela e Eva jamais deixaram de passar por ali com a esperança de verem uma, ela se pergunta por que preferiu se casar com um homem a se transformar numa catarinete como sua mãe dizia, se era evidente que esse homem não era a pessoa que ela imaginou que fosse.

Ela retira a faca de dentro da bolsa e a mostra à santa esperando uma reação. Santa Catarina continua imóvel. Pessoas passam apressadas sem que Catarina possa distinguir quem são. Percebendo não ser normal esperar a reação de uma estátua de pedra, mesmo que seja a imagem de uma santa com quem desenvolveu uma intimidade ao longo da vida, ela tenta rir do próprio gesto. Contudo, em vez de rir, começa a chorar e se entristece com o desamparo que sente naquele momento.

Diante da inércia da santa, resta acalmar-se. Então ela pondera se é melhor jogar a faca num dos cestos de lixo da rua ou no Sena, para que ele carregue para longe o seu mal-estar.

## Corpo

A família do coronel deve imaginar que ele esteja indo para Juazeiro e, no entanto, está empacotado dentro do caminhão. Ninguém vai sentir falta desse homem, é um homem muito ruim com a esposa e os filhos, que se faz de homem de bem, diz Dona Elza. Os meninos foram todos embora porque o pai tentou matar um deles, o que gostava de outros meninos, mas parece que todos os três irmãos gostavam, que nenhum deles nunca gostou de mulher como o pai achava que deviam gostar, é como conta Dona Elza servindo café para as três viajantes. Mesmo assim, o coronel a respeitava, embora de vez em quando aparecesse para importunar, ela diz, explicando que se acostumou com a presença incômoda dele, mas que paciência tem limite, conclui usando a frase dele mesmo. Olivia abraça Dona Elza agradecendo por tudo. Dona Elza pede que Olivia cuide de Valéria e não a deixe só, pois embora sua filha seja uma pessoa muito forte, é também uma menina muito sensível que precisa de amor.

Dona Elza também se despede de Helena com um abraço, mas ao perguntar o que ela tem nas costas, Helena se esquiva timidamente. Dona Elza pergunta se Helena quer ficar com ela e os cães. Diz que tem muitos outros animais na casa, porcos e galinhas, há lindas galinhas-d'angola pintadas que, segundo ela, Helena iria gostar de conhecer. A menina nega com a cabeça, pois não quer ver porcos e galinhas nunca mais. Valéria diz que vão levá-la até o Recife, no endereço deixado por sua mãe. Dona Elza diz que estará rezando pela proteção de todas na viagem.

Ela abraça Valéria pedindo desculpas e insistindo que mande notícias o mais rápido possível. A filha explica que vai vender o caminhão e comprar uma passagem de navio para Portugal. É mais fácil entrar num navio sendo perseguida pela polícia do que num avião, ela explica. Valéria se despede da mãe dizendo que vai ficar tudo bem, a mãe a abençoa com um ramo de arruda e, erguendo os braços, faz o sinal da cruz em sua cabeça.

As três seguem viagem, tendo nove horas de estrada pela frente. Helena, como sempre, está sentada no fundo da cabine e dorme. Valéria liga o rádio para obter informações e poder calcular qualquer imprevisto com a polícia. Elas vão deixar o que sobrou do coronel perto da Mata da Pororoca. Não é difícil imaginar que o cadáver vá ficar por ali para ser comido pelos cachorros-do-mato.

Para despistar, Olivia e Helena tomam um ônibus em Garanhuns. Valéria segue com o caminhão até o Recife, onde vende a mercadoria como contrabando. No porto do Recife, Valéria compra duas passagens de navio, na dúvida se não deveria ter comprado uma passagem para Helena também.

Chegando à rodoviária do Recife, Olivia e Helena se dirigem com suas mochilas ao endereço que consta no caderno de orações da mãe de Helena, na rua do Paissandu. Elas perguntam sobre o lugar no guichê de informações e descobrem que é longe da rodoviária, cerca de uma hora de ônibus. E assim seguem, do centro do Recife, até o local anotado no caderno de orações.

Olivia fica apreensiva ao perceber que o endereço é uma igreja. Andando de um lado para o outro, elas acabam por entrar na igreja onde ninguém aparece. Elas decidem contornar a igreja por fora e encontram uma porta com uma placa onde está escrito "Congregação das Irmãs de Santa Joana d'Arc". Ela bate na porta. Uma mulher vestida com um hábito preto abre a porta e as convida para entrar. A mulher se apresenta como irmã Bárbara e diz que está ali para ajudar.

Olivia faz um resumo sobre Helena diante da freira, que ouve atenta a história atrás de seus óculos de armação transparente. Olivia tem pressa de resolver a situação, preocupada que está com Valéria, com quem combinou de encontrar-se no porto neste mesmo dia sem saber se ela tinha conseguido chegar lá. A freira diz que ela pode ir embora e deixar a menina ali, que tudo vai ficar bem, que foi Deus quem as trouxe até ali e que se precisar pode voltar com a amiga. Olivia não tem alternativa a não ser sair em busca de Valéria e prometer a Helena que dará notícias.

## Três mulheres com homem diante da porta

Helena está em pé parada diante da porta de entrada do apartamento. Chloé vem do quarto ao ouvir as batidas na porta. Catarina sai do banho com o rosto ainda inchado de tanto chorar. Agora, as três mulheres estão no hall de entrada. O triângulo de olhares envolve medo, dúvida e tensão. Envolta em sua toalha, Catarina anda pé ante pé até o olho mágico no meio da porta. Sem fazer som algum, ela move a boca avisando que é a polícia e, com um pavor que toma todo o seu corpo ruborizando suas faces e levando suas mãos a tremer, pergunta o que fazer enquanto tapa a boca para não falar o que está falando.

Chloé coloca o dedo nos lábios pedindo silêncio, enquanto escuta as batidas novamente. As três continuam imóveis esperando entender a situação. Do lado de fora, uma voz masculina diz que é a polícia e que se não abrirem ele terá que arrombar a porta. Helena vê a história se repetir, se perguntando se todos os homens são policiais tentando arrombar portas, invadir casas e estuprar. Catarina tapa a boca segurando o choro, que volta com toda a força. Chloé olha para as duas e, tentando se comunicar, move os lábios em silêncio para dizer que a verdade é sempre o melhor negócio. Então, ela aumenta o volume da voz e quase grita: um momento, estou procurando a chave. De fato, a chave desaparecera. Catarina e Chloé movem-se procurando a chave. Helena volta ao seu quarto e fecha a porta.

Eu vou dar um minuto, depois serei obrigado a derrubar a porta, diz o policial. Dou um minuto. Chloé volta a dizer: A chave está perdida, a minha neta vai ver se encontra a dela. Não posso esperar muito, senhora, tenho que trabalhar, responde o policial. Espere um pouco, não temos como fugir, Chloé fala tentando usar a brincadeira para ganhar tempo. Ela olha para Catarina com um sorriso com o qual busca transmitir-lhe segurança diante do pavor da neta, que corre para o quarto para vestir uma roupa. Ela demora e volta com a chave que encontrou no bolso. Chloé respira fundo e abre a porta. O policial é um homem pequeno, menor do que Chloé; ele dá dois passos avançando para dentro do apartamento e se posiciona ao lado da porta como se esperasse outra pessoa entrar.

O policial começa dizendo que tem um mandado de prisão para uma moradora do endereço. Aqui somos três mulheres, Chloé diz para ganhar tempo. Ele pergunta quem é a dona do apartamento. Chloé responde que as três são proprietárias. Ele pergunta o nome completo dela. Chloé Solanas, ela responde. Ele anota o nome no formulário. É a senhora que deve vir comigo, ele diz. Ela sabe que se conseguir confundi-lo, ele ficará sem ação, pois parece não conhecer bem o serviço que executa. Veja, meu nome é Chloé Solanas, mas esse é apenas o nome de guerra. Na verdade, meu nome é Marie-Antoinette, como a decapitada. E, na verdade, eu vim do além para me vingar. O homem diz para ela não bancar a engraçadinha, que o assunto é sério e ela pode ser presa por desacato. Então, ela diz, pensei que diante de uma autoridade como o senhor, eu não deveria mentir, mas se ao ouvir a verdade o senhor se sente desacatado, é porque prefere a mentira. Contudo, ela segue, eu sinto muito, mas não posso aceitar. No sistema, ele diz, a senhora é a culpada e será muito difícil provar o contrário. Ela pergunta se ele poderia explicar qual seria a culpa que ela tem. Ele fala, a de ter assassinado um homem. Ela pergunta quem seria esse homem, pois ela mesma não sabe quantos homens morreram de paixão por ela ao longo da vida. Ele não gosta da brincadeira, mas começa a considerar que talvez ela tenha algum tipo de problema mental. Ele fala que não adianta tentar desviar do assunto, ele vai ter que algemá-la, que ela estenda os braços para a frente. Ela o interpela dizendo que tudo se passa como em *O processo*, de Kafka, a verdade não importa, eu nem mesmo sei o que se passa e, apesar disso, sou considerada a culpada do assassinato de alguém que não conheço. Ele explica com paciência que é apenas um policial e está cumprindo seu dever de ofício. E que, sendo um mero policial, e não um advogado, não lê processos, apenas cumpre ordens.

Helena está atrás da porta ouvindo a conversa do policial e lembrando do morto. Catarina se vestiu, parou de chorar e agora vai até a porta para interceder por Chloé, dizendo que é médica e que a avó precisa de cuidados e que não pode sair de casa. Ela mostra o seu crachá de médica para atestar a veracidade do que diz. A dor no coração de Chloé deu lugar a uma taquicardia leve que ela teme que venha a aumentar. Eu tenho mais de oitenta anos e, pela lei, não posso ser presa, ela diz. O policial diz que essa lei não existe. Insistindo em cumprir o mandado de prisão, ele mostra o papel a elas e diz a Chloé para estender as mãos antes que seja obrigado a indiciá-la por resistência à prisão. O homem abre as algemas como um robô e diz que não tem mais paciência para esperar.

Helena aparece na porta. O policial, que aos olhos de Chloé parece ser um imbecil, muda de ideia de repente e diz, a assassina deve ser essa corcunda que vocês duas estão acobertando. Ela é mais velha do que a senhora, ele diz para Chloé, que o chama de grosso. Helena levanta sua arma na direção do policial, que diz a ela para abaixá-la senão ele terá que atirar. Apavorada, Catarina abraça Chloé e Helena dispara, acertando o policial na testa.

Agora, as três mulheres estão diante de um cadáver que sangra. Helena dá um passo e observa o morto diante da porta aberta com as pernas dobradas, a algema entre os dedos de uma das mãos. O sangue sai da testa e se adensa sob o corpo do homem, manchando o tapete. Catarina e Chloé continuam abraçadas e atônitas.

Chloé respira fundo e diz que elas precisam ser rápidas. Catarina corre para o banheiro para vomitar. Chloé sugere levá-lo ao carro e jogá-lo no rio. Muda, Catarina volta do banheiro escondendo o rosto entre as mãos. Helena toca em seu ombro pedindo calma com os olhos. Chloé segura o braço do homem e comenta seu peso. Levá-lo pela escada não será fácil, mas também não será impossível, ela diz. Apavorada, Catarina diz que não pode acreditar no que está vendo. Chloé comenta que ela já usou essa frase. Ela também pede calma à neta e segue para a cozinha. Quer fazer um chá e pensar no que fazer. Catarina diz não acreditar que a avó pense em fazer chá numa hora como essa.

Helena segue Chloé, colocando o revólver no bolso de seu velho vestido preto.

## Sonho

Irmã Bárbara convida Helena para fazer um lanche e a leva até a cozinha, onde encontram outras mulheres vestidas com a mesma roupa conversando em torno de xícaras de café e um bolo de chocolate. As freiras se alegram ao ver Helena, como se ela fosse uma visita esperada. Helena acha estranho, mas divertido. Elas a convidam para sentar e Helena se coloca entre elas, não sem antes pousar a mochila sob a cadeira. Ela resolve comer o bolo de chocolate que lhe oferecem, mas apesar de ter comido o bolo inteiro, ele continua no prato. As freiras percebem e a enchem de perguntas. Ela vai até a mochila, pega o livro de orações e o caderno onde vem desenhando e tenta explicar o que se passa com palavras escritas no espaço em branco das folhas do caderno. Uma das irmãs retorna com um caderno novo, com as páginas em branco, e Helena fica fascinada com o presente. Ao ser perguntada se quer morar com elas, Helena escreve não em letras de forma, depois escreve sim. Todas riem e a irmã Bárbara, que sabe um pouco mais sobre a menina órfã, diz que ela está precisando descansar e a leva para um quarto que serve aos visitantes, onde há uma cama, um banheiro, um pequeno armário e uma mesa com uma cadeira.

Ela diz que Helena pode ficar ali quanto tempo precisar e que alguém virá chamá-la para o jantar, servido às vinte horas. Helena não diz nada. Irmã Bárbara se despede dizendo que o silêncio é sagrado.

Helena toma um banho e deita na cama. A janela está fechada e ela não tem vontade de abri-la para ver o que há lá fora. Ao dormir, sonha que chega a um vale cuja superfície se desfaz em pequenos pedaços separados como pele enrugada. Ela senta à margem do leito de um rio seco, à sombra de uma imensa pedra. A pedra, na verdade, é um gigante que acorda de um longo sono e pergunta o que ela vai fazer com as armas que carrega consigo. Ela pega a Magnum e atira na direção do outro lado do rio, ouvindo o barulho do projétil atravessando o ar. Em um segundo, ela está do outro lado do rio buscando o que restou do projétil e pode ver que o gigante está morto.

Alguém bate na porta acordando Helena. É uma mulher vestida como todas as outras, muito jovem, que se apresenta como irmã Lúcia. Ela pergunta o nome de Helena, que não pode responder. Pede desculpas por ter esquecido o seu nome e avisa que o jantar está servido no refeitório. Helena pega a mochila e a segue. Ela diz a Helena que pode deixar suas coisas no quarto, que ninguém irá mexer em nada. Helena sabe que ela está falando com a melhor das intenções, mas deixar a mochila pode ser perigoso. No meio do caminho, irmã Lúcia comenta que a mochila pode estar com excesso de peso e, por isso, suas costas estão se curvando, e se propõe a ajudá-la, mas Helena se recusa afastando-a com um gesto de mãos.

Chegando ao refeitório, todas as mulheres vestidas com a mesma roupa fazem uma oração coletiva comandada por irmã Bárbara, que, ao final, fala da bênção que é receber Helena no mesmo dia em que se completa um ano da morte de irmã Helena. Na missa em honra de sua memória, pela manhã, o padre havia dito que Deus mandaria uma mensagem. E eis que essa mensagem está entre nós, diz a irmã Bárbara, convicta de que Helena tem algo a dizer, apesar de sua mudez.

## Mulher com camisa amarelada

Chloé diz que leu um livro de uma autora japonesa que usou em seu romance uma estratégia habitual utilizada pelos assassinos de mulheres em Cidade Juarez, no México. Os feminicidas costumavam triturar os corpos das mulheres que gostariam de fazer desaparecer, os colocavam em sacos plásticos e espalhavam pelas lixeiras da cidade. Poderíamos usar o mesmo expediente, diz Chloé, enquanto coloca água na chaleira e liga o fogão. Helena ouve atenta sem esconder sua dúvida. O problema é que todo mundo que já leu o romance, diz Chloé, sabe como funciona. Helena concorda enquanto Catarina assiste a tudo boquiaberta, parada na porta entre a cozinha e o hall de entrada onde está o corpo.

Uma alternativa seria colocar o corpo dentro da geladeira como no filme do Almodóvar, mas a geladeira é pequena, diz Chloé, como se estivesse pensando em voz alta. Talvez pudéssemos colocar o corpo na igreja em memória das bruxas queimadas ao longo dos séculos e aproveitar para assumir o crime enquanto Coletivo Joana d'Arc contra o Estado Machista. Essa alternativa me agrada, também porque teríamos muito apoio da mídia feminista na cobertura, embora as jornalistas não fossem aprovar o uso desses métodos violentos, que segundo algumas mulheres, apenas repetem a lógica do patriarcado, diz Chloé. Como se o problema fosse repetir a lógica e não evitar sermos mortas no meio de uma guerra em que não podemos nos defender. Catarina não acredita que a avó esteja tentando doutrinar Helena numa hora como essa. Por fim, Chloé procura as latinhas de chá, perguntando se Catarina prefere Earl Gray ou chá verde. Catarina permanece atônita. Helena procura cordas e uma vassoura dentro do armário da despensa. Chloé pergunta a ela se não precisa de tesoura e faca. Helena pega sacos de lixo e mostra a Chloé, que aquiesce com a cabeça como se elas fossem colocar em prática algo já planejado. Por fim, ela diz que todas essas ideias são boas, mas não podem esquecer que estão em Paris onde tudo se resolve no Sena.

Chloé pega as xícaras e o bule de chá, põe na bandeja e a leva para o hall de entrada, colocando-a sobre a mesa pequena. De posse de seus instrumentos, Helena despe o policial tomando cuidado para não se sujar com seu sangue. Chloé serve chá verde para as duas e senta na cadeira ao lado da mesa para tomar o seu. Catarina ajuda Helena e segura os braços para que ela evite sujar a roupa. Chloé aprecia a atitude da neta, esperando a hora em que ela vai entender com mais profundidade tudo o que está acontecendo.

O homem, vestindo apenas uma cueca com o símbolo amarelo do Batman, é colocado dentro de um saco grande o suficiente para seu corpo. Catarina quer manter o corpo na horizontal como se faz com os cadáveres no necrotério, Helena acha melhor colocá-lo em posição fetal e amarrar bem, reduzindo-o a uma bola, como se fosse um monte de roupas sujas. Chloé concorda com

Helena, achando que assim será mais fácil de transportar. E é isso o que elas fazem. Um saco de lavanderia é usado para envolver o saco de lixo. Ninguém vai imaginar que ali há um corpo, muito menos de um homem.

Chloé e Catarina estão mudas sem saber muito bem como continuar. Helena começa a tirar o longo vestido preto, sob o qual há calças pretas e, por fim, uma camiseta preta mantendo apenas os velhos sapatos. Ela tira todas as roupas. Catarina e Chloé observam o corpo magro de Helena. Há cintas de pano que amarram algo indefinível entre as costas e os peitos. Em movimentos ágeis, Helena coloca as calças e os sapatos. Só não pode colocar a camisa do policial que está suja de sangue. Chloé percebe o incômodo de Helena e busca no quarto uma velha camisa branca que pertenceu ao seu pai e que ela guardou por ter o nome dele bordado. Chloé ajuda Helena a vesti-la, notando como ela resiste ao tempo, apesar de amarelada. Helena coloca a arma do policial no coldre a tiracolo e o boné na cabeça. Para todos os efeitos, um policial em seu uniforme sai do apartamento onde entrou há alguns minutos, conforme era exigido pelo mandado de prisão que ele trazia.

Chloé e Catarina permanecem em silêncio, menos perplexas com a morte do policial e com a solução para o caso do que com a descoberta do corpo de Helena, que coloca os óculos escuros com os quais muitos policiais andam pelas ruas. Em seguida estende as algemas à Catarina, pois deverá conduzi-la pela rua devidamente algemada até o carro da polícia.

## Nome

Depois do jantar no qual Helena comeu feijão com arroz, embora a comida tenha ficado toda no prato, assim como o pudim de leite servido como sobremesa, irmã Bárbara a convida para conversar na sala de estar. Algumas irmãs retiram os pratos indo na direção da cozinha enquanto outras seguem trazendo um bule e uma bandeja com xícaras nas quais servem café umas às outras. Irmã Bárbara toma a palavra pedindo licença às colegas, dizendo que é preciso contar à Helena o que aconteceu à irmã que tinha seu nome.

Antes de dizer que irmã Helena foi brutalmente morta por um homem que alegou no tribunal estar apaixonado sem ser correspondido, antes de contar que ele a matou na rua com um tiro no meio do peito, ela faz um longo introito abordando a violência contra as mulheres e lembrando que, ao longo das épocas, muitas congregações de irmãs foram, na verdade, esconderijos para mulheres que se uniam umas às outras em busca de segurança. Irmã Bárbara diz que o medo faz parte da vida de todas as mulheres, até mesmo das devotas a Deus. E segue explicando que o assassino não foi preso, ao contrário, acabou sendo absolvido e indo embora para o sul onde se casou pouco tempo depois. Não tivemos mais notícias sobre esse homem, ela completa, mas temos interesse em encontrá-lo. Talvez um dia Deus nos conceda essa graça, uma das irmãs completa. Nesse momento, outra das presentes deixa cair a xícara com café e começa a chorar. Ela pede licença e se retira aos soluços enquanto outra irmã vai em busca de uma pá para limpar tudo.

Irmã Bárbara explica que muitas das congregadas estão ainda em estado de choque e que têm tentado apoiar umas às outras, embora não haja cura para um trauma como esse. Uma das irmãs aproveita para sugerir que Helena volte à escola o quanto antes, outra insiste que ela seja atendida por um médico antes de mais nada. Considerando as condições em que se encontra, talvez o que ela realmente precise é de um psicólogo, pois não está falando, diz a irmã que recolhe os cacos da xícara. Ela vai precisar de uma fonoaudióloga, assevera outra delas verificando se ainda há café no bule.

Nenhuma dessas mulheres pode imaginar por onde Helena passou até chegar ao convento e Helena não tem como contar, o que leva as irmãs a buscar soluções práticas para problemas concretos. Elas são interrompidas com delicadeza por irmã Bárbara. Ela segue dizendo que Deus escreve certo por linhas tortas e que a imaginação humana não tem alcance para os seus desígnios. Afirmando que foi Deus quem escreveu o nome de Helena no destino de todas elas, ela pede que se providenciem documentos para que Helena possa começar sua nova vida. Helena percebe a sincronicidade dos nomes e a boa vontade das mulheres, mas está confusa com tantas urgências e com a palavra Deus que vem atravessar a sua vida, assim como fica confusa quando ouve a palavra diabo.

## Carro com mulheres conversando

Chloé fica em casa e tranca a porta antes de começar a lavar o chão. O sangue manchou o tapete e respingou na parede demandando um longo trabalho de limpeza pela frente.

Para além da porta, Helena e Catarina levam o corpo até o andar térreo. Embora seja um homem pequeno, ele pesa muito. As duas colocam o saco com o homem dentro no porta-malas da viatura estacionado diante do prédio. Helena entra e dá a partida no carro. Gertrude Stein está no banco de trás ao lado de Alice B. Toklas. Ela comenta que é surpreendente que Helena saiba dirigir carros. Helena escuta sem dizer nada. Alice B. Toklas diz que essa constatação não faz sentido, afinal elas pouco sabem da vida de Helena antes da chegada dela a Paris.

Catarina pergunta o que Helena sugere fazer com o corpo. Helena não reage. Disfarçando a apreensão, Catarina comenta que se o corpo fosse de uma mulher seria fácil se livrar dele sem que as autoridades policiais se importassem. Sendo o corpo de um homem e, sobretudo, um policial, as coisas serão bem difíceis, ela diz. Helena não fala nada. Se esse corpo for encontrado, haverá investigação e nós também seremos encontradas, Catarina continua insistindo com Helena que segue no seu habitual silêncio. Catarina já se acostumou ao jeito de Helena e desiste de perguntar.

As duas rodam pelas bordas do Sena passando pela Torre Eiffel duas vezes. Elas circulam pelos bulevares e atravessam as pontes, passam pela Place du Carrousel e alguns *rond-points*. Catarina entende que Helena está gastando o tempo e procurando uma oportunidade para jogar o corpo fora. Em voz alta, ela pergunta por que a cidade está tão vazia comentando que a sorte está do lado delas. Ela fala sozinha como se, ao falar, pudesse ajudar Helena a pensar. Helena dirige para a borda da cidade, na divisa do centro com a periferia, rumo à Porte d'Ivry. No caminho, Helena para e faz sinal para que Catarina desça do carro. Ela fica perplexa, mas aceita, afinal, não há o que discutir diante das escolhas de sua parceira, cujas razões ela desconhece. Caminhando pela borda do Sena, ela reflete sobre a própria vida e se pergunta como estará a avó depois de tantos acontecimentos.

No carro, Gertrude Stein, pergunta se pode tomar a direção mais adiante, ao passo que Alice diz a Helena que não permita que ela cometa essa insanidade.

## Fome

Às segundas-feiras, a irmã Bárbara e a irmã Líbera vão de carro visitar orfanatos e hospitais conforme notícias que chegam das cidades do interior. As freiras sempre prestam serviços sociais e resgatam crianças vítimas de violência, sabendo que muitas que vivem em orfanatos são filhos de mães mortas pelos próprios maridos. Elas convidam Helena para ir junto, dizendo que é importante que conheça outras crianças com o mesmo destino que o dela. Quando estão saindo, a irmã Christel, mais afeita às burocracias, pergunta a Helena em que cidade ela nasceu. Helena olha para ela sem dizer nada e move a cabeça e os ombros para informar que não sabe. A irmã avisa que vai tirar documentos como de uma órfã completa. Pergunta ainda se sabe em que dia nasceu. Helena puxa o caderno e escreve nele a data, e a irmã compreende que ela não faz a menor ideia, pois sua idade não seria de uma menina de doze ou treze anos, mas de uma moça de pelo menos trinta se a data apontada por ela fosse verdadeira. Ela sorri e agradece a Helena, achando desnecessário corrigir sua confusão.

As três pegam a estrada. Irmã Barbara pergunta a Helena por que ela nunca deixa a sua mochila, quer saber o que há dentro dela, pois parece muito pesada. Helena sorri, abre a mochila e tira de dentro os lápis de cor e seu caderno de anotações. Imagina que as freiras vão se assustar com as armas como aconteceu com Valéria e Olivia, e pensa que é melhor deixar para mostrá-las em outro momento. Então ela deita no banco e adormece, pois o movimento do carro lhe dá muito sono.

Helena acorda com o barulho do carro chegando a algum lugar. É um posto de gasolina. Mais à frente está a cidade. As freiras dizem que vão descer apenas para ir ao banheiro, que depois visitarão o hospital dos leprosos e o orfanato. Irmã Líbera pergunta se Helena quer ir ao banheiro com elas. Ela diz que não. As irmãs saem andando a passos rápidos e quando desaparecem de sua vista, Helena pega a mochila e sai do carro.

Helena não sabe bem o que está fazendo. Ela anda na direção do interior, afastando-se da estrada. O que a move é menos um desejo de fugir do que a necessidade de avançar. Apesar das pessoas que tentam ajudá-la, o mundo continua assustador para ela. Há informações demais e confusão demais na sua cabeça. Então ela anda e vai parar longe de tudo.

À sua frente, surge uma mulher com uma lata na cabeça, roupas de linho encardido e de pele marrom-dourada, que lhe pergunta se ela sabe onde foi parar a água do rio. Helena aponta com o dedo para o sol. A mulher pergunta de onde ela vem. Helena não responde. De costas, o canto do olho mirando Helena, a mulher a convida para ir com ela. Helena não sabe o que responder, nem por que deveria segui-la, mas a segue. A mulher avisa não ter comida nem água, mas que pode lhe dar pouso, e segue andando pela margem do rio inexistente. Helena caminha alguns passos atrás dela, carregando as armas na mochila.

Uma casa desponta ao longe em meio a imensas árvores secas e rodeadas de areia. Uma criança vestida apenas com calças curtas brinca sozinha no canto de uma pequena casa de barro. Seu corpo franzino se confunde com a parede, dando-lhe ares de alto-relevo esculpido no barro. A mulher entra carregando a lata na cabeça e jogando-a no chão com o peso do vazio. O vazio da lata combina com o vazio da casa de chão batido. Um pouco adiante, há outra casa, grande, onde se vê o brilho do assoalho encerado. De dentro dessa casa vem cheiro de tabaco e comida.

Um barulho de sino leva a mulher à porta da casa, na qual Helena pode contar oito janelas de um lado só da parede onde bate o sol, trazendo o calor do meio-dia. A mulher sobe os degraus, ao todo oito, contam os olhos matemáticos de Helena, e entrando pela porta, a mulher desaparece. Uma voz rouca como se usasse um microfone grita de dentro da casa sem se preocupar com o que escapa pelas portas e janelas.

Caminhando ao redor da casa, Helena vê os diversos quartos, as camas decoradas com travesseiros e colchas, as banheiras, espelhos, poltronas e sofás macios entre mesas e armários de madeira antiga lustrada, e bibelôs coloridos. Há animais de pelúcia nos quartos de paredes e cortinas vermelhas e cor-de-rosa. Uma cama de casal com dossel de madeira e um mosquiteiro bordado com flores e borboletas, como nos livros de contos de fadas, ocupa o maior quarto da casa. Uma cristaleira cheia de copos de cristal chama a atenção de Helena. Na parede oposta, espingardas e revólveres antigos. Por uma dessas janelas, ela vê um homem sentado à mesa comendo o que parece ser uma ave. Escorre de seu queixo a gordura do animal. O cigarro está apagado ao lado de um copo de água e outro de aguardente. Na parede atrás do homem há pratos decorativos e, no canto da porta, do lado oposto em que está a mulher, há um vaso de barro do qual saem flores secas decorativas.

A mulher escuta o homem comer. Seus olhos estão cada vez mais fundos e sua pele deixa ver a fraqueza de seus ossos. Ele mastiga a carne do animal que ela deve ter assado e depois lambe os dedos. Às vezes ele para e, com a boca ainda cheia, diz que ela vai lhe pagar caro, que é uma besta, que não perde por esperar, que ele deveria ter poupado as galinhas e se livrado dela. Ele pergunta se ela quer comer a galinha e ri. Ela escuta sem nada dizer. Até que se sente obrigada a dizer que o rio secou até a última gota.

A mulher olha para o chão, sem força para verter uma lágrima. Ao lado do homem que mastiga e chupa os ossos do frango há uma espingarda encostada na parede. Ele termina e arrota como um porco que tivesse comido uma galinha, embora porcos não comam galinhas, porque porcos são seres melhores que os homens, pensa Helena. Então ele ordena a ela que saia, enquanto estala a língua entre os dentes. Quando ela toma o rumo da porta para descer os degraus da escada por onde entrou, ele grita para que ela pegue a criança e desapareça. Ela segue em silêncio ensaiando andar, sem poder investir na velocidade porque não tem força para isso. Com os dedos engordurados, ele pega a espingarda e, ainda sentado, mira nas costas da mulher que caminha.

O barulho do tiro é mais forte do que o barulho do corpo da mulher a cair no chão. Ela está morta. Helena se curva para esconder-se abaixo da linha da janela. A criança chora. O homem arrasta o corpo da mulher para fora da casa e a solta na escada, movendo-a com o pé até o chão, depois do último degrau. O corpo se confunde com um pedaço de casca de árvore e é carregado para fora da cerca. O homem ateia fogo aos trapos que ela veste, ali mesmo, na beira da casa, onde chora a criança faminta.

A criança tenta andar na direção do fogo, mas cai no chão sem força nas pernas magras, embora já deva ter idade para andar e falar. O homem a manda calar a boca e segue para dentro de casa a passos largos. Helena pega a criança no colo. O pequeno corpo faminto deita a cabeça em seu ombro à procura de seus peitos. Ela sente cócegas e pena, deixando a criança sorver o leite que ela não tem enquanto olha para a fogueira esperando não ser vista pelo homem. A criança dorme em seus braços, um sono que é efeito da fome. Helena lembra de sua mãe e se entristece.

Ela caminha na direção da casa, sobe os degraus da porta por onde viu a mulher subir. Caminha sem fazer barulho, atravessa a cozinha, a sala de jantar, na qual vê o prato com os ossos da ave devorada pelo homem. Ali há doze cadeiras orbitando uma mesa em cujo centro há uma gamela de madeira vermelha com frutas falsas de faiança. Com a criança aquecida em seu colo e tendo a mochila nas costas, ela entra com a máxima leveza possível no quarto onde o homem está deitado de costas para a porta, dormindo com a barriga bem cheia.

Helena toca o seu ombro para que ele acorde. Ele se vira para ela e abre os olhos. Ela atira na altura de seu estômago e depois em sua boca para que ele morra mastigando uma bala.

É a primeira vez que Helena mata conscientemente um homem e, mesmo sem sentir prazer nenhum nisso, acredita que cumpriu seu dever.

## Mulher com balde e folha de papel ao chão

Chloé limpa a casa sentindo bastante nojo do sangue do policial derramado na entrada. Ela precisou jogar muita água sanitária para desinfetar o chão de tábuas velhas, sob o tapete, que acabou ficando encharcado. Essa casa nunca lhe deu tanto trabalho, ela pensa, e pensa também que poderia chamar a zeladora, mas acredita que a transformaria em cúmplice e não seria justo envolver uma pessoa inocente no meio daquele caos. Além disso, teria que se explicar demais, algo que ela não tem tempo para fazer agora. A água no balde é uma mistura de vermelho-escuro e cinza-chumbo que ela joga no tanque a todo momento. Ela contou as cinco vezes em que mudou a água do balde e lavou o pano. Suas mãos de idosa não têm resistência e estão ardendo muito. O papel do mandado de prisão ficou caído no chão e também está manchado de sangue. Chloé resolve lê-lo.

O texto burocrático é um formulário no qual duas lacunas são preenchidas à mão. Uma com o nome e o endereço da culpada de homicídio e outra com o nome do assassinado. O nome em questão é apenas "marido". O de Chloé está escrito à mão e errado, sobre o endereço do apartamento onde ela vive desde que nasceu. Ela não entende a pressa em encontrar um culpado para esse assassinato. Para a polícia, como para todo mundo, o assassinato de um homem merece mais justiça do que o de uma mulher, ninguém seria ingênuo de pensar o contrário.

Chloé prepara uma valise com poucas roupas, coloca a cópia do quadro da rendeira, bem como o original, dentro da mala. Ela deixa o caderno de desenhos de Helena sobre a mesa. Antes de sair, escreve uma carta a Catarina dizendo que a ama muito e que uma advogada de confiança irá procurá-la para falar do apartamento e do dinheiro que ela tem guardado no banco, caso não volte. No *post-scriptum*, Chloé pede a ela que guarde o caderno de desenhos de Helena como uma relíquia.

## Asas

Apesar do barulho, a criança dorme. Helena caminha até a cozinha em busca de algo para dar de comer ao pequeno ser à beira da morte. Ela descobre farinha de mandioca e faz um mingau com água da moringa. Dá um pouco de água à criança ainda dormindo. Acordada, ela come o mingau com os imensos olhos pretos fixos em Helena, como se eles falassem de dentro da fome. Helena recolhe a farinha e a água que resta e as coloca na mochila onde não cabe mais nada. Veste a criança com roupas que encontra em um baú, onde há também roupas femininas, vestidos e camisolas, casacos de pele e chapéus.

Com a criança nas costas, Helena anda na estrada esperando reencontrar as irmãs. Um caminhão carregado de pessoas para e oferece carona. Ela sobe no caminhão. Os homens não falam com ela. Uma mulher pergunta para onde ela vai. Sem que ela tenha como responder. A mulher interpreta que ela esteja com medo e sorri dizendo que não precisa se preocupar, que ali ninguém vai maltratá-la nem a seu filho. A mulher conta que eles todos pertencem à igreja, que vieram colher cana-de-açúcar para o pastor, dono de todas as terras, até o fim do mundo. Ela fala que trabalham para esse homem que é muito bom para eles, pois dá de comer a todos. Depois mostra seus filhos, dizendo para Helena que são crianças bonitas e gordas, que são cheias de saúde desde que vieram morar ali perto e trabalhar para o pastor. Há uma caixa de madeira com bananas onde uma das crianças vem pegar o que comer. Embalagens de plástico coloridos com imagens de biscoitos amarelos esvoaçam de um lado para o outro no chão trepidante da carroceria.

A mulher sorri sem motivo para Helena toda vez que olha para ela. Em sua boca não há dentes, as mãos estão manchadas de preto, como se tivessem sido desenhadas com carvão. Ela veste um vestido de sarja e um avental sujo com bolsos gigantes. Nos pés, tamancos de madeira como os que se veem em pinturas antigas. A mulher percebe que Helena não fala e decide perguntar se ela é muda. Helena confirma. A mulher diz que é uma pena. Ela abre uma garrafa térmica e oferece um líquido amarelado do qual sai um pouco de fumaça. Ao perceber que Helena não entende o que é, diz que ela deve dar de beber ao seu filho. Helena não tem como explicar que a criança não é um filho, depois reflete que um filho talvez possa ser uma criança que se encontra no meio do caminho. A mulher entende que Helena espera uma explicação sobre o líquido e diz que pode confiar, que é leite de cabra com um pouco de farinha de milho para engrossar. Vendo que Helena não sabe o que fazer, ela ri e pega a criança nos próprios braços. Ela percebe a respiração escassa do pequeno corpo desnutrido e começa a lhe dar água com uma grossa folha de árvore que tira de uma de suas sacolas. As crianças vêm ver a mãe com a nova criança nos braços e uma delas começa a chorar. O pai se aproxima e dá um tapa na criança.

Eles descem do caminhão algum tempo depois e a mulher sem dentes manda Helena dar água à criança com a folha, uma gota de cada vez, se quiser que ela sobreviva. As crianças sentam-se ao redor de Helena e perguntam quem ela é. Vendo que ela não fala, começam a rir e resolvem chamá-la de Mulher Corcunda, em coro. Como continua sem dizer nada, eles perdem o interesse nela e começam a correr de um lado para o outro, às vezes interrompidos por um adulto irritado. Helena lembra de seus irmãos pequenos que ficaram perdidos no tempo e se pergunta que idade teriam hoje.

Faz calor de modo que Helena nunca sentiu. Ligeiramente tonta, decide tirar o casaco preto que, absorvendo os raios de luz, deixa tudo ainda mais quente. A dor nas costas piorou desde os sacolejos no caminhão. Tendo posto a criança ao lado descansando a cabeça sobre a mochila, Helena teme que a criança não acorde. Sentindo-se mal, decide se alongar para tentar diminuir a dor nas costas. Os ossos estalam como se ela liberasse a coluna por inteiro. Sentindo o bem-estar desse alongamento raro, ela se move um pouco mais.

Seu corpo inteiro é puxado para cima por uma força estranha. De repente, seus pés estão fora do chão como se uma força exterior a tivesse erguido. A criança abre os olhos e a observa admirada. Ao seu redor, olhando para ela, estão os filhos da mulher sem dentes com as bocas abertas. Helena sente falta de ar e ao tentar respirar fundo, acaba subindo ainda mais.

Lá embaixo, as pessoas se uniram às crianças e, espantadas, caem de joelhos.

## Mulher dentro do táxi

Chloé desce as escadas sem dificuldade, se sentindo animada apesar do horror dos últimos acontecimentos. Ela caminha até a esquina onde espera que passe um táxi para ir até a Estação Montparnasse. Um motorista para perguntando aonde ela vai. Ele a ajuda com a mala e ela entra no carro. Dentro do carro, ele quer saber para que cidade Chloé se dirige. Ela diz que pretende pegar um trem para Berlim. Ele diz que não há mais trens para outros países nessa estação. Ela diz que ele está enganado. Ele se oferece para levá-la de táxi até Berlim. Ela pede desculpas dizendo que se enganou. Falou Berlim quando queria dizer Montalban. O motorista diz que não há problema, e insiste na oferta de levá-la a Montalban. Chloé agradece ao homem esperando que ele pare de importunar. Ele fala que uma mulher na idade dela precisa de companhia, que pode acabar sendo assaltada, que é perigoso andar por aí sozinha.

Chloé pergunta por que ele está dizendo essas coisas ofensivas e afirma que sabe se proteger, mesmo sendo idosa e sozinha. Ele pede desculpas por ser tão direto, mas que tem o dever de avisar, pois ela não sabe o que está dizendo. Que ela não conhece o circuito do crime na cidade. Que não imagina a quantidade de roubos, estupros e assassinatos que acontecem todo dia. Que o noticiário mostra só uma mínima parcela, que há muito mais perigo do que se imagina. Vendo que o homem quer assustá-la, procurando manipular o medo para a extorquir, Chloé começa explicando a ele que, em sua idade, uma pessoa como ela não tem nada a perder. O motorista que parece ser alguém intrometido por natureza comenta que a sua atitude é sábia. Ela responde que tem certeza de que é sábia, que pensou bem antes de falar o que vai falar. Que "na sua idade", como ele mesmo disse, já aprendeu muita coisa e que pode, inclusive, falar o que pensa sobre tudo, todo o tempo. Essa é uma vantagem da velhice. Então ela pede a ele que preste atenção, pois pode ser um aprendizado importante também para ele que ainda é jovem, pelo menos mais que ela, e que ela deseja que ele alcance a sua idade e, de fato, que não morra antes disso. O homem agradece meio sem jeito e diz que a oferta de levá-la continua de pé.

Ela fala que é uma oferta gentil, mas ao mesmo tempo inoportuna, duplamente inoportuna. Se ele pensar bem, coisa que Chloé está fazendo, indo a Montalban de táxi ela perderia tempo e dinheiro enquanto ele apenas ganharia muito dinheiro. Além disso, sendo jovem, o tempo não tem grande valor para ele, já o dinheiro é o motivo pelo qual está sendo gentil e, ao mesmo tempo, ultrapassando o senso da gentileza e se tornando desagradável. O homem tosse ao ouvir esse argumento. Além disso, não é elegante extorquir velhinhas, ela fala. Ele pede desculpas, tossindo e gaguejando. Ela diz que ele não está deixando-a terminar de falar. Ele continua se desculpando entre tossidas e gaguejos.

Então Chloé pede a ele que se acalme e escute algo importante. Ela fala que acabou de ajudar a matar um homem, que não o matou sozinha, mas com a ajuda de outras mulheres, mas que é como se ela mesma o tivesse matado, e o que fez não foi pouca coisa, afinal, as duas parceiras do crime precisaram sair para se livrar do corpo e a parte difícil, que era limpar o sangue que ficou no tapete, sobrou para ela. E que apesar de todo o trabalho que acabou de ter, é muito possível que acabe matando outro, sobretudo se não tiver que lavar a sujeira. Logo, diante do fato de que ela é uma assassina, o melhor que o taxista pode fazer é deixá-la onde ela pediu o mais rápido possível.

O motorista não sabe o que fazer com essa informação, é provável que ele esteja confuso com o fato de que Chloé seja uma mulher idosa que pode estar demente ou blefando para brincar com ele, mas é possível também que seja verdade, pois há todo tipo de pessoa louca e perturbada nessa cidade. Assim, ele resolve brincar diante do absurdo que ela revela, dando-lhe os parabéns pelo que define como um excelente senso de humor. Ele sorri para ela pelo retrovisor e fica quieto pelo resto do trajeto.

Ao parar o carro perto da estação, ele deseja que ela tenha uma excelente tarde, Chloé entrega o dinheiro do pagamento e pede sorrindo a ele que não conte a ninguém o que acabou de dizer, pois acabará prejudicando a vida de ambos e talvez de outras pessoas.

## Diabo

A criança que Helena trouxe está sentada entre as outras crianças. Ela morde uma espiga de milho assado na fogueira, acesa há algumas horas com galhos de árvores. Os grãos do milho são gigantes, como tudo o que é cultivado com agrotóxicos. A noite chega e ameniza a temperatura de um dia quente demais. Os adultos fatigados estão sentados ao redor do fogo e comem em silêncio. A mulher sem dentes se levanta chamando a atenção de todos, como se coordenasse uma reunião. Ela pede a Helena que conte por que Deus a mandou para estar com eles. Um homem baixo de pernas arqueadas se levanta e dá uma espiga de milho assado para Helena. Ela não aceita, sabendo que não vai comer. Ele morde a espiga dando de ombros para mostrar que não se importa com a ofensa.

Helena não tem o que dizer. Ela recolheu as asas e está quieta no canto sem saber o que fazer com isso. Há poucas horas ela estava entre freiras que achavam que ela havia sido enviada, agora aparecem essas outras pessoas com o mesmo tipo de conversa e ela não sabe como se portar. Ao seu redor, as pessoas se apagam no escuro da noite. Ela quer voltar ao convento. O homem sentado ao lado da mulher sem dentes diz que a mulher de asas é uma aparição do diabo. O homem fala como que desejando que ela escute o que ele diz. Uma aparição do demônio, uma bruxa, é esse tipo de coisa que viaja com eles. Ele argumenta que vai passar a noite acordado cuidando para ver se ela não come alguma criança. Se está presente entre eles, é porque Deus está permitindo, diz a mulher. Outros homens riem dizendo que Ele só pode estar brincando, que é só uma garota feia e torta como tantas que vagam pelas estradas entre as plantações. A mulher sem dentes olha para Helena com o canto do olho como se a sugestão do homem despertasse alguma desconfiança nela. Ela responde ao homem que amanhã é sábado e durante o culto o pastor vai explicar a eles o que isso tudo significa.

Já fazia um tempo que Helena não sentia medo. Ela percebe que foi tragada por um universo paralelo no qual as pessoas acreditam em Deus acima de tudo. Quer fugir disso, mas não sabe como. Então ela lembra que sua mãe também tinha mania de religião e que ela mesma ouviu e viu uma santa falar e conclui que algo muito estranho está acontecendo com ela. Se tivesse forças, ela sumiria dali imediatamente.

A presença de Helena é um problema para essas pessoas, assim como ela é um problema para si mesma, porque até agora não entendeu como lhe cresceram asas nas costas nem entende o que fazer com elas. Se é uma doença ou se é um fenômeno mágico, não importa, ela não sabe o que fazer com isso. Suas únicas referências de asas são as aves e os insetos, seres reais, e os anjos. Helena não conhece quem possa ter tido problema similar. Ela espera poder encontrar seus iguais em algum momento. De qualquer modo, terá que conviver com o fenômeno, esse é o seu corpo, o único de que dispõe para seguir vivendo.

## Mulher com mala na estação de trem

Chloé saiu do táxi com a valise em uma das mãos e puxando a mala de Helena. O motorista a deixou sem oferecer ajuda com as bagagens e saiu apressado. Ela o obrigou a devolver dez centavos para que se sentisse mal diante do mal que causou. Não é bonito fazer isso, mas hoje Chloé, que é sempre muito generosa, está agindo como um espelho de quem ela encontra.

No meio do caminho uma mulher ajudou Chloé a subir alguns degraus da escada da estação, pois as escadas rolantes estavam desativadas. Ela percebeu que havia muitas pessoas com malas e que os homens não se envolviam mais com esse tipo de ajuda às senhoras sobrecarregadas. Corriam apressados e indiferentes e Chloé viu nisso uma curiosa mudança dos tempos. Os homens resolveram assumir que são inúteis e não servem para nada, ela pensou enquanto pretendia perguntar o nome da mulher que facilitou a sua subida pelas escadas com a mala. Perdendo de vista a pergunta, Chloé diz a ela que antes os homens eram muito solícitos e que deveriam pagar multas por sua falta de utilidade social. Apesar da pressa, a ajudante tem tempo de rir e comentar que isso foi em outra época, quando o machismo ainda usava disfarces. A estranha deseja um bom-dia a Chloé e corre afobada tão logo termina a escadaria.

Chloé não tem pressa nenhuma e continua falando com a mulher, que acelerou o passo e desapareceu no caminho. As pessoas podem pensar que ela está falando sozinha, que ela é uma velha demente, mas ela não está nem um pouco preocupada com os julgamentos alheios. Ela anda vagarosamente para o local onde tem um encontro marcado, talvez o mais decisivo de sua vida. Ninguém mais oferece ajuda a ela, mas indo devagar Chloé se vira muito bem e chegará ao seu destino.

Ela para no Jardin Atlantique, busca um banco para se sentar e, descansada, pega um cigarro do maço que costuma levar no bolso. Um homem passa e pergunta se ela pode lhe dar um cigarro. Ela oferece o maço inteiro dizendo que ele pode pegar quantos quiser. O homem pega dois e agradece a generosidade. Ela pergunta se, afinal, ele poderia trocar por fogo. Ele acende o cigarro dela com um último palito de fósforo e depois pede o cigarro dela para acender o seu. Eles riem. Ele vai embora.

Outro homem passa por Chloé e diz que na sua idade ela não deveria se envenenar. Ela estranha a falta de educação, que em outra época seria compreendida apenas como ousadia, e segue tranquila observando a fumaça que se forma de suas baforadas enquanto sente a língua arder. De fato, fumar é um hábito que ela nunca conseguiu consolidar e que não tem muita graça agora, ela pensa. Talvez precisasse, nesse momento em que espera para realizar um verdadeiro sonho, de uma droga mais forte.

## Cascalhos

Faz frio na manhã iluminada como fez frio à noite. O caminhão estaciona diante da igreja. Pela projeção das sombras devem ser oito horas da manhã. A criança sobrevivente desce do colo de Helena e caminha até a mesa, lá ela recebe um copo com leite e um pedaço de pão de uma mulher que serve a todos. Helena resolve desaparecer atrás de uma árvore.

Escondida, ela vê um carro chegar. Homens, mulheres e crianças formam uma pequena multidão organizada diante da porta para receber o veículo que se aproxima devagar. Refletem-se na lataria lustrada os cascalhos do chão e as paredes de cimento da igreja. Os corpos vestidos de preto misturam-se em uma massa única e entoam um canto que soa desesperador aos ouvidos de Helena.

Comparado àquele universo de poeira e lama, o carro parece algo luxuoso. Ele para diante da porta do templo, que seria irreconhecível como tal se não fosse pela cruz de alumínio resplandecendo em seu topo à luz do sol. Um homem careca, vestindo camisa branca, gravata e óculos escuros, desce do carro e fala com o marido da mulher sem dentes, que depressa começa a limpar o carro sujo da poeira da estrada com as mangas de sua camisa, seguido por outros que fazem o mesmo gesto. Terminado o serviço, o homem que aguarda de braços cruzados levanta a mão em sinal de atenção. O motorista sai do carro ao mesmo tempo que outro homem sai pela porta de trás. Os três se posicionam como se fossem guardiões do automóvel. O homem com a camisa branca e os óculos escuros abre a porta de trás. Os dois homens que saíram do carro vestidos como defuntos começam a aplaudir e logo a multidão faz o mesmo. Pela porta traseira, ergue-se um homem menor do que os três. Ele também está vestido de preto e, como eles, usa óculos escuros. Poderia ser uma gangue, uma família de mafiosos, mas é o pastor da igreja aplaudido por fiéis.

Helena pensa aproveitar a distração dos fiéis para sair andando pela estrada, mas resolve entrar na igreja quando todos já estão sentados. Por algum motivo, essa gente a atrai, ela pensa enquanto se pergunta onde foi parar a criança que vinha tratando como um filho. O pastor se posiciona na frente de todos sobre um tablado onde há também uma mesa e uma cadeira. Diante dele há um pequeno púlpito no qual repousa uma grande Bíblia. Três acompanhantes se posicionam a certa distância de modo a controlar as pessoas que querem se aproximar do pastor.

Junto às pequenas janelas abertas no topo, a única lâmpada da igreja acesa não é suficiente para iluminar a sala de pé-direito baixo. Um dos homens vestidos de preto verte água de uma garrafa em um copo de plástico e coloca no púlpito ao lado da Bíblia. O pastor olha para ele com um longo olhar de interrogação e afasta o copo, talvez por medo de que a água caia sobre a Bíblia, o que não seria um problema, pensa Helena, considerando a secura do ambiente.

A voz de fumante do pastor, aumentada por um microfone colado à sua lapela, atravessa o espaço e vai reverberar no tempo. Ela soa familiar. Helena tenta lembrar a quem pertence essa voz, se era ao homem do bordel abandonado, se era de um dos policiais dentro do carro, se era do marido de Olivia, mas essa voz, embora seja de um homem, é diferente de todas as outras. Enquanto os outros grunhiam, esse articula as palavras, o que é uma grande novidade.

O homem fala pausado. Pelo que Helena se lembra das poucas missas das quais participou quando mais nova, o padre escolhia um trecho da Bíblia para ler e é justamente isso o que o pastor começa a fazer agora, depois de ter dado bom dia e pedido silêncio ao seu público ansioso por qualquer tipo de sentido para a vida e qualquer consolo para o sofrimento. Ele explica o motivo pelo qual o dia começa ensolarado. Diz que é pelo encontro sagrado que começa agora, por ter chegado a essa comunidade no meio de sua peregrinação bem nesse dia especial. Que esse evento é a prova de que a comunidade de Almas Mortas é a escolhida para fazer a vontade de Deus.

Helena se surpreende com o nome da cidade, onde não há mais de duzentas pessoas vivas. O pastor manda as crianças para fora da sala dizendo que Deus não suporta barulho. Uma menina pergunta se Deus, sendo todo-poderoso, poderia não suportar alguma coisa. O pastor manda que ela se cale e diz a seus pais que devem ensiná-la a respeitar Deus. Diz também que a criança mal-educada tem o demônio ao seu lado, assim como as mulheres. Que elas também não deveriam estar ali, mas que Deus as perdoa, pois sua tarefa é a de ajudar seus maridos e assim encontrar o reino dos céus.

O pastor começa a leitura de um trecho do Antigo Testamento dizendo que é preciso fazer o cálculo de cada coisa, de todas as pessoas, de todos os animais, de cada centímetro da terra, de cada ano da vida, de cada centavo do dinheiro que se ganha e, assim, pagar o dízimo. Comentando o que foi lido, às vezes ele para e olha nos olhos de algum dos presentes dizendo que Deus o escolheu para seguir em frente. E que essa travessia no deserto levará, como levou os judeus, à terra prometida. Ele fala que é preciso contar os vivos e os mortos, os honestos e os desonestos, os traidores e as vítimas, os guerreiros e os covardes.

É ouvindo essas palavras bíblicas carregadas de hipocrisia, quando o assassino fala contra si mesmo como se assassino não fosse, que Helena consegue reconhecer o homem que um dia matou sua mãe com um tiro na nuca. É o seu pai, ela tem certeza, e ao seu redor os três homens jovens são seus irmãos, levados com ele há muito tempo.

## Mulher na borda do Sena

Catarina desce do carro espantada com o jeito de Helena e, ao mesmo tempo, aliviada. Ela não sabe qual o motivo do alívio que sente e nem mesmo se seria alívio o nome dessa estranha sensação de liberdade. Catarina caminha pela borda do Sena na direção da cidade e toma o rumo do hospital, lembrando que seus pacientes a esperam. Ela irá a pé, respirando o ar gelado, acreditando que precisa experimentar essa dose de frescor intenso que agora parece tão vital e sem a qual não sabe como pôde sobreviver nos últimos tempos.

Na verdade, o que ela sente é um entorpecimento que dura alguns minutos, até que lembra da avó limpando o sangue de um homem morto na porta de casa. Apavorada, ela procura desesperadamente por um táxi. Faz frio, ela está mal agasalhada e resolve apressar o passo para depois começar a correr. Catarina não tem preparo físico para isso, mas o vento gelado batendo em seu rosto traz um senso de urgência ao corpo e funciona como uma prova de realidade no meio da loucura. Um táxi para e ela entra pedindo para ir até a rue Christine. O taxista diz que a região está tomada por manifestantes e que ele não poderá entrar em certas ruas, mas que fará o esforço de deixá-la o mais próximo possível do local de destino.

Catarina diz a ele que a cidade está vazia. Ele diz que parece que todos decidiram ir para o Quartier Latin. Ela se arrepende de ter pegado o táxi ao ver a borda do Sena tomada pelo engarrafamento, pelas obras e pelas passeatas. O caos toma conta da cidade e do espírito de Catarina, que lembra da casa de campo que ela gostaria de comprar para ter para onde fugir de vez em quando, ao mesmo tempo pensa nos pacientes entubados no hospital, em sua avó em casa limpando o sangue do homem, em Helena passeando por Paris dentro do carro da polícia com o corpo de um policial morto e, no meio disso tudo, o marido morto e a polícia querendo culpá-la de um crime que ela não cometeu. O taxista não consegue encontrar caminhos mais viáveis e acaba tendo que seguir em frente. Faz meia hora que ela está no táxi se deixando levar pelo caos dos pensamentos e, sabendo que isso não resolverá seus problemas, ela decide agir.

Chegando na altura da Ponte de Austerlitz, perto do Jardin des Plantes, Catarina desce do táxi e atravessa a ponte a pé. Então ela olha para dentro do rio na esperança de que Helena tenha jogado nele o morto e, parando por um segundo para mirar a correnteza, ela se dá conta de que seu marido deve ter se matado. E decide procurar a polícia para dizer isso.

## **Mãos**

Helena olha para as próprias mãos, se perguntando que idade ela terá agora. Nesse momento, como em outros, a vida lhe parece uma grande alucinação que se desenvolve sem a sua participação. Ela tinha treze anos quando a mãe foi assassinada. Quanto tempo terá vivido desde que isso aconteceu é uma pergunta que precisa ser feita. O tempo que parecia ser de meses, teria sido, na verdade, o tempo de anos. Ela se esqueceu de quase tudo, mas não do timbre raivoso na voz do assassino de sua mãe, mandando engatilhar a arma e mirar no sabiá pousado no muro.

Helena sente seu corpo dormente vibrar junto ao eco metálico da voz que reverbera pelas paredes ásperas da igreja. O homem é uma máquina de falar ligada na eletricidade sendo capaz de eletrocutar corpos à distância. Os crentes estão hipnotizados. Muitos deles têm as mãos erguidas para o alto e balançam os corpos de um lado para o outro. Ele interrompe a leitura e tira o casaco preto, ficando apenas com a camisa branca impecavelmente limpa e se posiciona ao lado, ainda no púlpito. Um dos três homens, que agora Helena sabe ser um dos seus irmãos, dispõe o casaco no espaldar da cadeira de madeira decorada com motivos florais destinada ao pastor na igreja.

Ele fecha os olhos mandando os outros fazerem o mesmo, depois pede que os abram para que possam ver o que importa, dizendo que esse é o dia da salvação. Gesticulando de modo mais tenso, falando em Deus e no diabo com a voz metálica cada vez mais eletrizada, ele pede aos crentes, que continuam com as mãos erguidas e envolvidos na produção do transe para o qual foram convocados, que entreguem todo o dinheiro que têm. Um dos auxiliares passa com uma caixa na qual as pessoas vão depositando moedas e notas.

Helena está atrás de todos, de modo que não pode ser vista e não pode ser reconhecida. Ela observa seus três irmãos tentando distinguir quem é quem. Lembra-se de como brincavam juntos o tempo todo e de como cuidava deles, alimentando-os, lavando suas roupas, ajudando-os nas tarefas de escola e protegendo-os quando estavam doentes. Ela se lembra que o menor deles vivia em seu colo.

Os fiéis estão parados ao redor da cena. Ofegante como se tivesse corrido uma maratona, o pastor ergue a mão ao mesmo tempo que ergue o rosto em sinal de poder, olhando para o teto e simulando um transe místico com o queixo erguido.

A bala entra pelo queixo e sai pela nuca, indo parar na parede da igreja, um pouco acima do crucifixo. O pastor cai no chão. O tumulto se instaura e todos gritam de modo alucinado. Os três homens correm para o corpo do pastor e afastam a multidão aos socos e pontapés. As pessoas que estavam no caminhão correm de dentro da igreja com as crianças no colo.

Helena guarda no bolso a arma que pertenceu a esse homem quando ele fazia o papel de seu pai. É a primeira vez que ela mata um homem que um dia chamou de pai.

Ela sente o cheiro do sangue de sua mãe, que olha para ela sentada no galho da árvore para onde ela se dirige. Helena acredita estar ficando parecida com sua mãe, que esboça um sorriso quando encontra o olhar da filha. Ela diz que embora o homem não fosse seu pai, ela é, de fato, sua mãe. Helena pergunta sobre seu pai verdadeiro querendo saber onde ele vivia. A mãe responde que ele morreu quando ela estava grávida. Que vivia ao lado do mosteiro onde ela se preparava para fazer os votos. Isso foi na França há muito tempo, diz a mãe. Ele pintava retratos para viver. Helena pergunta em que ano ela nasceu. A mãe responde que o tempo já não importa, que essa parte da vida é confusa para pessoas como nós.

## Marilyn Monroe com ramalhete de flores

Nenhuma droga é tão forte quanto o eu que se toma quando se está só. Essa é a frase que Chloé tenta lembrar enquanto espera sentada. Depois de meses sem atender ao telefone, ela tem a ideia de procurar o marido de Eva numa rede social de encontros em que criou um perfil falso, usando uma antiga foto em preto e branco de Marilyn Monroe que ela mesma coloriu no computador. Ele foi incapaz de perceber que se tratava de uma montagem e que a foto era de uma atriz famosa, pelo menos para quem tem cultura cinematográfica, o que deveria ser o caso dele, ela pensa. Que a velhice tenha abalado a percepção do sujeito é uma possibilidade que atravessa os pensamentos de Chloé e ela se pergunta se não terá prejudicado também a sua, mas acredita que não.

Sentada em um banco, Chloé abre um livro que trouxe para disfarçar. Ela vai fingir surpresa ao ver o assassino de Eva no meio de tanta gente que atravessa a praça, que chega para fumar um cigarro ou, como ela, que espera por alguém. Ela chegou mais cedo para se organizar, afinal não é todo dia que se participa de aventuras tão intensas e se encontra com um conhecido que se tornou um inimigo. A valise que carrega o fará pensar que ela vai pegar um trem, como pensou o motorista do táxi. Enquanto espera, um vendedor de rosas se aproxima. Ela lhe dá quase oitenta euros, todo o valor que ficou dentro do bolso do casaco depois de pagar o taxista. O vendedor lhe dá todas as rosas ainda em botão dentro de canudos de plástico e agradece inúmeras vezes, sorrindo de tal maneira que chega a incomodá-la e ela pede a ele que a deixe pois está esperando um namorado.

Como combinado, o assassino de Eva está diante do quiosque de jornais. Ele veste calças cáqui e um casaco azul. Ele não tem como reconhecê-la com o casaco de estampa de oncinha e capuz sob o qual ela colocou uma peruca platinada. Ele não deve saber que ela odeia estampas, que nunca vestiria uma roupa assim. Ter saído de casa disfarçada lhe dá muita alegria. Apesar do dia nublado, ela está de óculos escuros, o que não desperta suspeitas — em Paris, tudo é permitido. Ele compra o jornal e lê as notícias tendenciosas de um país que esconde a sua crise. Ela pensa que o cachecol branco lhe cai bem, combina com a peruca platinada. Chloé se levanta e anda até o quiosque. Em pé, ao lado do assassino, ela observa as revistas pornográficas e de decoração de interiores, que também parecem obscenas.

Chloé posiciona as flores na altura do peito, de modo a esconder parcialmente o rosto, o que não é difícil, pois não é uma mulher alta e se tornou ainda menor com o passar dos anos. Então toca o ombro dele, que se vira para ela dizendo bom dia e fechando o jornal. Bom dia, ela diz. Ele se surpreende, talvez com o seu figurino curioso. Olhando fixo para ela, sem reconhecê-la, pede desculpas e pergunta quem ela é. Ela diz, você não sabe quem eu sou, ora, você vai se arrepender de saber quem eu sou. E apontando a arma na direção do bigode que ela acha cafona, Chloé puxa o gatilho dizendo: eu sou Marilyn Monroe.

Há muita gente ao redor para socorrer o assassino de Eva, embora Chloé deseje ter acertado a bala de tal modo que ele não tenha a mínima chance de sobreviver. Ela sai andando rumo ao seu próximo compromisso, que é encontrar Helena. Chloé chega a pensar em jogar fora o revólver que custou uma ninharia no mercado de Saint-Ouen, onde foi entregar uma encomenda há poucos dias. Ela não gostaria de ser presa com a prova do crime, mas teme que ao jogar fora a arma, poderia criar um problema para quem a encontrasse e acabasse sendo incriminada no seu lugar, sobretudo as pessoas que vivem nas ruas e que, muitas vezes, buscam comida no lixo. As vítimas sempre são tratadas como culpadas por esse sistema infeliz, pensa Chloé. Ela poderia jogar a arma no rio, mas ele está longe e ela tem preguiça de caminhar até lá. Enquanto não sabe o que fazer, Chloé decide continuar com o revólver no bolso. Não há pressa e ela não tem nada a perder.

## Navio

Helena avança apreciando a paisagem rural, verde e terra. Depois de um tempo, é a vista suburbana que segue em ruínas arranjadas de forma aleatória. Como se andar fosse um destino em si mesmo, Helena segue caminhando até ouvir o barulho dos carros e caminhões movendo-se sobre viadutos e ruas emaranhados uns nos outros até a dissolução na atmosfera cinzenta da paisagem seguinte. Ao longe, a cidade do Recife, com sua luz característica, azul e noite. O sol desaparece enquanto ela chega ao convento das irmãs de Joana d'Arc.

Helena hesita em bater à porta demorando-se na observação dos contornos da igreja contra o céu crepuscular. Mais por curiosidade em saber se está de fato fechada do que por vontade de abri-la, ela força a porta. Irmã Bárbara desponta na fresta, surpresa em ver Helena de volta, e a convida para entrar com certa ansiedade nos gestos. A freira quer saber se Helena está bem, o que houve com ela, onde esteve, por que demorou a voltar. Mesmo que desejasse, Helena não poderia responder. Só o que ela faz é olhar nos olhos de irmã Bárbara como quem indaga de volta, esperando que uma pergunta possa ser respondida com outra pergunta.

Irma Bárbara insiste, Helena permanece imóvel. Não sem incômodo, a irmã pergunta se Helena deseja comer ou se prefere ir para o quarto. Helena não se move diante da mulher cujas mãos não cessam de se friccionar uma contra a outra, como se estivessem com frio, até que fragmentos de música que parecem vir de dentro do prédio despertam sua atenção. Helena caminha na direção do som que se torna cada vez mais intenso.

Dentro da capela, uma mulher sem hábito ou crucifixo, toca violoncelo sem maestria alguma. Entre os acordes, ela faz anotações em um caderno. Helena está em pé encostada na parede. Depois de alguns minutos, irmã Bárbara aproxima-se e diz que a irmã tenta compor uma música para o *Doctor Faustus Lights the Lights*, de Gertrude Stein. Helena continua em silêncio. A irmã pergunta se ela sabe quem é Gertrude Stein. Helena move a cabeça para dizer que não.

O tempo passa na observação da cena. Irmã Bárbara faz comentários sobre o violoncelo e os acordes, bem como sobre a destreza da irmã que trabalha na composição musical, explicando que ali todas as irmãs têm a obrigação de se dedicar a uma arte para sua evolução pessoal e espiritual. As pálpebras de Helena pesam, irmã Bárbara sugere que ela vá dormir no quarto e Helena se deixa conduzir sem resistência.

Helena dorme por dias e quando acorda não sabe bem onde está. Uma camisola azul cobre seu corpo e suas costas doem mais do que nunca. Ela se alonga olhando ao redor à procura das próprias roupas que, postas sobre uma cadeira no canto do quarto, estão limpas e dobradas. Alguém limpou o pó dos sapatos deixados ao pé da cama. Mas, apesar de ter tentado lustrá-los, não conseguiu melhorar muito sua aparência. Sobre a roupa, há um envelope com documentos, uma certidão de nascimento, uma carteira de identidade, um passaporte e uma imagem de Santa Joana d'Arc.

Helena caminha pelo prédio cheio de salas e quartos até chegar na porta principal que ela abre ao virar a chave. Ela vai embora levando a roupa do corpo e o envelope na mochila, junto com seus poucos e imprescindíveis pertences. Ela mesma não sabe porque parte, ela simplesmente parte porque é preciso avançar. E ela avança na direção do sol que nasce, como quem é guiada pela luz. A caminhada é longa. Até que em certo ponto ela avista o porto e perde um tempo a observar os navios. Ela poderia tentar comprar uma passagem com o dinheiro que tem, mas sua maneira de ser a obriga a agir de outro modo. Então ela entra num navio de carga e, dentro dele, busca um lugar onde se camuflar. Na partida do navio, Helena está sozinha no topo do mais alto container e aprecia o mar.

Não é difícil esconder-se entre as centenas de containers empilhados no convés. Helena passeia entre eles durante o dia, dorme à sua sombra e se esconde das tempestades entre eles. Os dias são longos, tanto quanto as noites, mas a solidão é um estado agradável para ela. Ela desenha as partes da travessia mais instigantes, os pássaros, as nuvens, as ondas do mar, as baleias, as ilhas, os traços dos aviões que passam no céu. Por dias ela escuta o barulho dos containers rangendo uns contra os outros como se fosse música. Não é fácil desenhar o ruído, ela pensa, e segue no seu trabalho de criar traços.

Durante a noite, dentro das cabines dos marinheiros, ela encontra um mapa da Europa que estuda durante os dias da viagem. Uma gaivota que divide com ela o espaço no convés se torna seu modelo e sua companhia, assim como o livro *As ondas*, que achou perdido na cabine entre jornais velhos e revistas variadas.

Ao chegar ao porto de Lisboa, Helena pula do navio e procura outro que vá até o porto de Nantes. Tendo apenas a intuição como norte, ela entra na embarcação que tem no topo uma bandeira francesa. Dentro do navio, carregado de carros, ela se esconde no banco de trás de um deles. A viagem dura um dia. Quando um homem entra no carro para retirá-lo do navio, ela se assusta e escapa por um triz. Ela tem em mente o endereço anotado por sua mãe no livro de orações e caminha convicta de chegar a Paris usando apenas o mapa. São três dias de viagem que ela faz a pé, em silêncio e sem culpa.

É assim que ela atravessa o oceano pela primeira vez, indo embora como se voltasse para casa.

## Mulheres e o Arco do Triunfo

Chloé caminha até o Arco do Triunfo. A distância é imensa, mas como ela mesma diz há muito tempo, quem quiser viver bastante, deve caminhar mais ainda. É o inverno mais longo da longa vida de Chloé. Ao chegar, ela vê um carro da polícia parado na frente do monumento. Duas mulheres caminham ao redor do arco e tiram fotografias como fazem os turistas.

Helena está dentro do carro. Vendo que Chloé se aproxima, ela desce. Chloé chega séria, mas logo sorri, comentando que precisa lhe contar um segredo, o que fará assim que estiverem em segurança. Helena faz cara de dúvida, como que perguntando o que significaria estar em segurança sendo uma mulher.

Para desespero de Chloé, que não entende como Helena suporta o frio, ela começa a despir-se da roupa de policial. Então abre as asas para que Chloé veja como elas são e sente muito calor ao fazer isso. Chloé está perplexa. Helena fecha as asas, veste a camisa e as calças pretas e coloca o vestido por cima, depois o casaco. As fotógrafas andam ao redor como se nada estivesse acontecendo.

Helena joga para dentro do carro a roupa do policial e liga a sirene. Depois pega uma lata de tinta spray de dentro do porta-malas e desenha letra por letra, até completar uma frase inteira nas paredes do Arco do Triunfo: O PATRIARCADO ESTÁ MORTO.

## Neve

O passado é uma grande dor que Helena sente em todo o corpo. As asas ameaçam se mover a cada sinal de angústia, sobretudo se ela respirar sem cuidado. O frio ameniza essa dor e é com um prazer esquecido que ela descobre a neve em Paris, depois de ter percebido que o endereço no caderno de orações da mãe era de mais uma igreja, o que não a decepciona, nem resolve problema algum em sua vida sem direção. Helena decide seguir avançando sem saber para onde.

Nos dias que seguem, ela dorme em museus, tentando se manter camuflada. Sentada na porta do Museu d'Orsay, uma mulher lhe oferece uma sacola com roupas para o frio. Helena agradece com um sorriso enquanto calça as luvas e coloca o casaco e o gorro. A mulher pergunta onde ela mora até que entende que Helena não fala e não tem onde ficar. Ela a convida para tomar um café. Helena sorve o café sem que o volume servido seja alterado. A mulher fala ao telefone enquanto anota o endereço da rue Christine em um pedaço de papel.

Com os sapatos aniquilados, Helena avança na neve tendo finalmente um destino. No caminho, ela se depara com um carrossel em Montmartre, e fica encantada com o brinquedo que começa a girar. Ao parar, duas mulheres descem do brinquedo devagar ajudando uma à outra.

Helena segue as mulheres que percebem sua presença e olham para trás curiosas. Elas caminham de braços dados percorrendo a margem do rio congelado. No meio do trajeto, pessoas com máscaras de gás lançam granadas em carros estacionados. Há explosões e chamas por todos os lados. Alice e Gertrude caminham sob o gás lacrimogênio sem efeito sobre seus corpos espectrais.

Helena tem os olhos vermelhos e está coberta de neve quando chega na frente do prédio da rue Christine em cuja porta ela baterá sabendo que não poderá dizer bom dia, pois há muito tempo, o silêncio se transformou em sua língua materna.

© Editora Nós, 2023
© Marcia Tiburi, 2023

Direção editorial **Simone Paulino**
Coordenação editorial **Renata de Sá**
Assistente editorial **Gabriel Paulino**
Edição **Julia Bussius**
Preparação **Alex Sens**
Revisão **Gabriela Andrade, Fernanda Alvares**
Projeto gráfico **Bloco Gráfico**
Assistentes de design **Lívia Takemura, Stephanie Y. Shu**
Produção gráfica **Marina Ambrasas**
Assistente de marketing **Mariana Amâncio de Sousa**
Assistente comercial **Ligia Carla de Oliveira**

Imagem de capa **Lilian Camelli**
*El collar de perlas*, 2019, 50 × 40 cm, acrílica sobre tela, coleção particular. Foto: João Liberato

*Texto atualizado segundo o novo*
*Acordo Ortográfico da Língua Portuguesa*

2ª reimpressão, 2025

Todos os direitos desta edição reservados à Editora Nós
Rua Purpurina, 198, cj 21
Vila Madalena, São Paulo, SP | CEP 05435-030
www.editoranos.com.br

Dados Internacionais de Catalogação na Publicação (CIP)
de acordo com ISBD

T554c
Tiburi, Marcia

*Com os sapatos aniquilados, Helena avança na neve* /
Marcia Tiburi.
São Paulo: Editora Nós, 2023
304 pp.

ISBN: 978-85-69020-89-9

1. Literatura brasileira. 2. Romance. I. Título.
2023-1881          CDD 869.89923  CDU 821.134.3(81)-31

Elaborado por Odilio Hilario Moreira Junior, CRB-8/9949

Índice para catálogo sistemático:
1. Literatura brasileira: Romance 869.89923
2. Literatura brasileira: Romance 821.134.3(81)-31

Fontes **Circular, Register\***
Papel **Pólen Bold 70 g/m²**